Voices in the Night

Steven Millhauser

Translated by Motoyuki Shibata

夜の声

スティーヴン・ミルハウザー

柴田元幸 訳

白水社

夜の声

装画・デザイン
横山 雄 (BOOTLEG)

ケイトに

目次

ラプンツェル

Rapunzel

昇る

手を順ぐりに動かし、足を交互に上げてざらざらの石に押しつけ、背中をピンとのばして首を反《そ》らし、握った拳の中で三つ編みの髪が締まっていく。王子は逞《たくま》しいが、塔の前面を昇っていくのは生易しい仕事ではない。この冒険に王子はワクワクする。いかなるたぐいであれ障害、危険、妨害があればあるほど生きいきするのだ。胸に高揚感が満ち、普通なら歓喜の叫びを上げるところだが、歯は食いしばっているし全身に力を入れているせいで顔も歪み唇も横に伸びているのでそれもままならない。彼女を初めて一目見たときのことを王子は覚えている。はるか高い窓、地面に立つ暗い人影、炎の雨のように垂れてくる髪。そして目下その燃える髪を、自分が昇っている。記憶の中でこの髪はいつも金色だけれど、夏の黄昏のいま、高い松や樅《モミ》の影に包まれたいま、髪は厩《うまや》の薄闇に置かれた干し草の梱《こり》の色だ。昇りには危険が伴い、いつ何時《なんどき》落ちて首の骨が、背骨が折れるかわからない。握りは確かだとしても、第二の危険がいつ森から来てもおかしくない——女魔法使いが突如戻ってきて、禁断の場所を目指している彼を見たら。王子は危険を歓迎する、危険を喜ぶ、危険があればこそ生を実感できる。もう日もほぼ暮れて塔は影に包まれているが、はるか頭上、空がまだ白いところでは、両開きの窓が一日の最後の光を捉える。王子は思う、永久にこのままだったらいいのに！　引きを感じる腕、昇っていくことの興奮、首を擦《す》る木の枝。森で梟《フクロウ》が鳴く。王子は動きを止め、虫を叩《はた》き、昇りつづける。突き上げた腰から、剣がまっすぐ下に垂れている――あたかも落ちていく途中で突然静止したかのように。

鏡

王子が塔を昇るさなか、女魔法使いは森を抜け、暗くなっていく村の外れにある自分の庵《いおり》に帰っていく。庵は高い塀で囲まれている。女魔法使いは隣人なぞに用はないのだ。庵に入り、食卓と食器棚の前を通ってただちに箪笥《たんす》に向かい、その上に置いた、象牙の把手《とって》が付いた楕円形の鏡を手に取る。いつもそうするのだ。塔のあとは、鏡。ガラスの中で、彼女の鏡像が、いつもの嫌悪の表情でこっちをじっと見ている。怖いもの見たさ混じりの不快感とともに、一種ひたむきな苦々しさとともに、彼女は睨み返す。濃い眉、近すぎる小さな目、盛り上がった鼻梁《びりょう》、まるで村の諷刺漫画家が描いた魔女だ。唇はナイフで入れた切れ目、あごは指のつけ根の関節みたいに突き出ている。あごの割れ目のいぼからは毛が三本、古くなったジャガイモから出た芽のように飛び出している。肌は黄色い。黒い髪は柵に垂れた藪の枝さながら顔に垂れている。薬草も、根も、膏薬《こうやく》も、何もないところに塔を生じさせることだってできる呪《まじな》いですらまったく役に立たない。女魔法使いは鏡を脇へ押しのける。残酷なことに、彼女は昔からずっと美しいものを愛《め》でてきたのだ。彼女はすぐさまラプンツェルのことを考える。すると心も軽くなる。黄金《こがね》色の髪、白鳥の羽毛のような肌、鼻の優雅な傾き。ラプンツェルは塔にいて、危険もなく、上掛けをかぶって眠っている。夜が過ぎたら可愛いあの娘《こ》を訪ねていくのだ。

髪

塔の寝室にラプンツェルは横たわり、王子を待っている。時おり窓辺で待つこともあるが、今夜は小さな部屋の反対側にあるベッドに身を横たえている。編んだ髪が上掛けを横切り、木の食卓も越えて、窓台に付いた鉤《かぎ》まで達している。自分の身長よりはるかに長い、空から降る雨のように自分からあふれ出てくる髪を彼女は誇りに思っているが、とにかく場所は食うし、髪が床を引きずって埃を集めてしまうのも鬱陶しい。時には、いっそ鋭い鋏《はさみ》でチョキンチョキンと全部切ってしまい、髪が年じゅうズルズル這ってついて来るのもやめてしっかり死んで転がっているところが見られたら、と思ったりもする。日暮れどき、女魔法使いが地面に下りたとたん、ラプンツェルは太く編んだ髪を引き揚げ、お休みの挨拶に窓から手を振り、女魔法使いが暗い木々の中に消えていくのを見守った。いくらも経たないうちに、塔に接した小さな林間地に王子が現われた。ラプンツェルは三つ編みをふたたび窓台の鉤に巻きつけてから、バケツを井戸に下ろすみたいに手を順ぐりに動かして髪を下ろしていく。最後の一握りが窓枠を越えると、寝床に戻っていって横になる。三つ編みは鉤に巻きつけてあっても、昇ってくる王子の引きは伝わってくる。子供みたいなのだ、私の王子さまは、髪を引っぱって私をからかったりして。暗くなってきた空が窓の外に見える。困難な昇りを王子が楽しんでいることをラプンツェルは知っているが、彼女自身は楽しくなんかない。いまにも女魔法使いが戻ってくるんじゃないかと気が気でないし、自分がほんのちょっとでも動いたら髪を握る王子の手が外れて墜落して死んでしまうのではと心配だし、頭皮が常時ぐいぐい引っぱられるのも好きじゃない。何か別のやり方はないものか。でも塔には扉もないし、階段もなく、髪の綱を昇らないことには女魔法使いだっててっぺんに来られはしない。もちろん、敷き布団の下には作りかけの絹の縄梯子《なわばしご》が隠してあるのだが、そのことを考えるとラプンツェルは不安でたまらなくなる。もっと快い事柄に彼女は思いをはせる。王子が窓辺に現われたとたんに弾む胸、彼女の顔に触れる王子の手。鉤に巻いた髪が軋《きし》むのが聞こえ、はるか下で王子の足が石を擦《す》る音が聞こえる。

美しい女たち

塔の頂《いただき》めざして昇っていきながら、王子はふと、森の向こう側にある宮殿のことを考える。王子はときどき、宮廷の婦人たちとはまったく違うラプンツェルの許《もと》へなぜ毎夜引き寄せられるのか、よくわからなくなる。宮廷の婦人たちは見ては危険なほどに美しい。時おり、うっかり一目見た廷臣が、あたかも喉を嚙まれたかのように取り憑かれてしまう。そうなった者は、徐々に人を蝕《むしば》む病のごとくに恋を患う。生まれてこのかた何の病にも罹《かか》ったことのない王子は、宮廷の婦人たちの美しさをほれぼれと眺めるし、彼女たちのなまめかしい眼差しにも決して鈍感ではない。人目を忍んだ恋愛遊戯の機会はいくらでもあるし、まだずいぶん若いが経験はすでに豊富だ。が、肉体的な美しさは多種多様でも、宮廷の女たちに、ある種の画一性を王子は感じてしまう。彼を囲む婦人たちは、何よりもまずその美の高尚さ、厳粛さにおいて抜きん出ている。きっちり引っつめた髪が、頬や額の繊細な線をあらわにし、鼻の細さを、唇の優美な肉付きをきわ立たせる。そうした完璧さの充満に倦《う》んだ廷臣が、時にその対極を求めたりもする。粗野な目鼻立ちの百姓娘、歯並びの悪いぽっちゃりした商人の妻。王子もやはり田舎の村や農場で色事にふけってきたが、彼の場合、求めるのは粗野さではなく、何らかのしぐさや表情にふっとほとばしり出る美しさだ。恋の冒険にあって、王子はつねに、快楽と、それ以外の何かを感じてきた。隔たり、確信の欠如——まるで自分がそばに座って、若い王子が誘惑者を演じる滑稽なしぐさを眺めているみたいなのだ。でもラプンツェル相手だと、まったく違う。あたかも彼女が王子の中にするっと入り込んでいて、王子が動けば彼女も動くといったような按配《あんばい》だ。彼女に目を向けるとき、自分が何を見ているのか、言葉にするのはもっと難しい。宮廷の婦人たちから見れば、ラプンツェルには美しさが足りないだろう。顔には誇り高さ、冷厳さは少しもなく、骨の作りにも気高いところはない。時おり、隣に横たわる彼女の方を向いてみると、その顔立ちに何か子供っぽい、いまだ形の定まっていないものが見えて、王子はハッと驚かされる。何だかまるで、彼女を一度も見たことがなく、彼女がどんな顔をしているかも知らない気がしてくる。あるいはまた、一人でいて彼女の姿を呼び起こそうとしても、どうにもはっきり見えてこない。彼女でないものが見えるばかりなのだ。いつも思い出すのは、髪が見える最初の瞬間、塔から炎のように落ちてくる瞬間だ。彼女は夢の領域にしか存在しないように思える。だからこそ毎晩、自分は彼女の許へ戻っていくのだろうか？　夢を見ているのではないと確かめるために？　そしてもし、王子の望みどおりに、彼女が夢の塔を去る勇気を見出したら。太陽の無情な光を浴びて、彼女は溶けてしまうだろうか？　浮かんでくるさまざまな思いは、ブヨのように王子を苛立たせ、王子はそれらを追い払う。手を上にのばして、髪を摑み、片足を持ち上げ、壁のより高い位置に押しつける。王子は日の暮れた空を見上げる。

どこか高いところで、見えない女が待っている。

待つ

女魔法使いも、やはり待っている。夜が早く終わりにたどり着くよう、夜が始まるのを待っている。夜明けの最初の光とともに、愛しいラプンツェルの許に戻っていくのだ。その気になれば、いつでも庵を出て森を抜け、塔まで行くことができる。だが彼女はその誘惑に抗う。そもそも、いまやそれが本物の誘惑でないことも承知している。何といっても、昼は一日ずっとラプンツェルと一緒に過ごすのだ。夜は自分一人のためにある。その方がいい。ラプンツェルが彼女にうんざりしてしまっては困る。最近はいろいろ、不安な徴候も見えてきているのだ。それに、庵ですべきことも何かとある。太陽のギラギラした光が、この魔女みたいな顔、悪魔の髪を目立たせるのが嫌だから、仕事は暗いあいだにやる。月が出るのを待ってすぐ外へ出て、菜園の世話をし、梨とスモモの木から枯れ枝を刈り取り、灌木《かんぼく》と花に水をやる。それから籠に服を入れて、村はずれを流れる小川へ持っていく。月の光で洗濯し、持ち帰って綱に干す。ラプンツェルのために天火でパンを焼き、井戸から水を汲む。それからようやく寝支度にかかる。暗い中で長い黒の服を脱ぎ、誰にも見られたことのない寝巻きを着る。苦々しい寝床に横になり、塔にいる白と金のラプンツェルのことを考える。箪笥の前に立つ女魔法使いはふたたびチラッと鏡を見る。彼女はそれを取ろうと手をのばし、手をさっと引っ込める。両手をうしろで組んで、上り坂を歩いているかのように体を前に傾け、庵の中を行ったり来たりしはじめる。

無力

王子が窓にたどり着くのを待つラプンツェルの胸に、彼が塔を昇ってくる最中にいつも抱く感覚がいままた訪れる。罠にかかったような、動けないという感覚、苦しみの叫びを上げたいという感覚。この無力感が、長い昇りが原因で生じていることをラプンツェルは理解している。髪を摑んだ王子の手が外れてしまってはいけないので少しも動くまいと努めていること、頭皮をつねにぐいぐい引っぱられることが原因なのだ。なぜこんなに時間がかかっているのだろう？　そういえば、このように感じるのは昇りのあいだだけだ。降りていくのはあっという間、これ以上はないというくらい簡単で、王子が窓台の下に降りたと思ったらもう次の瞬間にははるか下の地面に立ってこっちを見上げている。女魔法使いは野菜やパンが一杯に入った袋を背中にしょっているのに、まるで部屋を横切るみたいにスイスイ昇ってくる。王子はどうして、ああどうして、こんなに時間がかかるのか？　きっと私にみじめな思いをさせて楽しんでいるんだ。それとも、実は彼女が思っているほど長くかかってはおらず、強い風のようにすうっと昇ってきているのに、彼女の欲望があまりに強いせいで、ひどくゆっくりに思えてしまうのか？　開いた窓越しに、鉤の先端が、引っぱられた髪がひょこひょこ跳ねるのがラプンツェルには見える。王子はいつまでもたどり着かないのか？

失望

窓は王子のすぐ頭上にある。あともう一引きすれば、顔が窓の下枠を越えるだろう。なのに王子は、窓台をがっちり摑みながら、またいつもの失望を味わう。失望するのは、昇りがいまにも終わってしまうからだ。勝利はいまや手の届くところにあり、すでに王子は新しい困難を、より大きな危険を渇望している——森の野獣を、寝室の暗殺者を。ラプンツェルへと至る道を進まんと奮闘するがごとくに、毎夜洞窟の入り口で竜と戦いたい。もちろん、じきに愛する人とふたたび一緒になれると思うとそれは嬉しい。長い退屈な一日、ひたすら彼女のことを思い描いていたのだ。だが王子にはわかっている。ラプンツェルを見た瞬間、生きたラプンツェルが空想のラプンツェルに取って代わる直前、その生きたラプンツェルが、それまで王子の頭の中にあった彼女の記憶に、実に多くの細かい点で似ていないのが見えて愕然とさせられることを。両手をついて窓台に這い上がりながら、王子は願わずにいられない。いま塔の下にいられたら、愛する人に向かって猛然と昇っていられたら、と。

疑念

王子が窓台の上に這い上がるころ、女魔法使いは暗い庵の中を行ったり来たりする動きを中断する。ラプンツェルは最近変わったように思える。それとも自分がそう思い込んでいるだけだろうか？　塔で一緒に過ごしていて、時おりふっと女魔法使いが顔を上げ、向かいに座って針仕事に携わるラプンツェルを見ると、娘は軽く唇を開き、遠くを見やっている。何を考えてるんだい、と訊くとラプンツェルは陽気に笑い、全然何も考えていないわと答える。時にはふうっと、胸に抱え込んだ圧迫を吐き出すかのようにため息をつく。自らの不幸ゆえに、他人が示す不満の徴候にも敏感になっている女魔法使いは、かようにラプンツェルが秘密の生活を送っている証拠を目のあたりにして動揺してしまう。彼女はラプンツェルに優しく話しかけ、疲れていないかと訊《たず》ね、服のポケットに手を入れてマジパンのかけらを取り出す。暗い森の只中にある、到達困難な塔のてっぺんに自らラプンツェルを据えたことは十分承知しているが、女魔法使いにはまた、自分はただこの美しい娘を世の害悪から守りたいだけなのだという自負もある。もしラプンツェルが不満を抱きはじめ、落着かず不幸になっていったら、いずれ違う生活を思い描くようになるだろう。いろんなことに疑問を持つようになり、ありえない欲望に向けて己を開き、はるか下の地面を歩くことを夢見るだろう。塔は牢獄に思えてくるだろう。ここは牢獄ではない。避難所、安らぎの場だ。世界が苦痛に満ちていることを女魔法使いは骨身に染みて知っている。ラプンツェルにもっと注意を払わねば。この娘のどんな小さな欲求も満足させてやって、ごくわずかでも不服の徴候がないか見張っていなければ、と女魔法使いは誓う。

やっと！

ラプンツェルに見守られながら、王子はさっそうと寝室に降り立ち、魅入られたように彼女を見つめ、ただちに彼女の髪を窓台の鉤から外しにかかる。王子のすべてがラプンツェルの心を動かすが、彼女はいつも、着いた瞬間に王子が自分を見る目付きに失望を覚えてしまう。何かとまどいを感じているように見えるのだ、まるで塔のてっぺんに彼女がいるのを見て驚いているみたいに、あるいは彼女がいったい誰なのかいまひとつピンと来ていないみたいに、この見知らぬ人は誰だろう、ついいままでこの人の髪を伝って昇ってきたわけだがいったい誰なんだろう、という顔をしているのだ。王子は彼女に背を向けて下から髪を引き揚げていき、とぐろを巻いた三つ編みを食卓の上に据え、ますます速く引っぱるが、つるつる滑る髪の山は食卓から床に滑り落ち、細長い動物のように震え、揺れる。

あたかも彼女自身の髪を贈り物として持ってきたかのように、両手で三つ編みを持ったまま王子が彼女の方を向くと、もはやその表情にとまどいはなく、彼女を彼女として認める優しい眼差しがある。王子を出迎えようと立ち上がりながら、安堵の念が欲望のように体内を流れていくのをラプンツェルは感じる。

恥知らず

くしゃくしゃになった寝床で気だるく寝そべりながら王子は、解き放たれたゆらめく髪を寝巻き代わりにラプンツェルが寝室の中を動き回るのを見守りつつ、彼女に恥というものが欠けていることにあらためて思いを巡らせる。こと恋愛に関し、恥を持たない宮廷婦人なら王子もたくさん知っているが、彼女たちの場合その恥知らずぶりは攻撃的であり挑発的である。彼女たちにとって、裸を晒《さら》すことは、禁断の快楽を味わうよう相手を誘うことだ。ある婦人は、自分がゆっくりと服を脱ぐのを王子がかたわらに立って見守るよう命じる。体のそれぞれの部分を王子がじっくり眺められるよう、動きを止めては両手で己の体を愛撫していき、一番最後に、透けた絹のスカーフを前にかざし、やがてはらりと床に落とす。慎ましさを踏みにじりたい、上品さの抑制をかなぐり捨てたいと願う婦人たちの欲望の中に、彼女たちが克服しようとしているまさにその力への忠誠を王子は感じとる。時おり、干し草の山に横たわる農民の娘が何の慎みもない官能を示すこともあり、王子はそれを嬉しく思うが、同じその娘が、日曜になれば澄ました顔で教会に足を運ぶのだ。ラプンツェルには恥もないし、恥の克服とも縁がない。裸であることも着衣の一形態であるかのように裸で歩き回る。その淫《みだ》らさの無垢が、王子の心を和ませる。彼女が絶対にやらないこと、これだけは抗うべきだと感じることは何ひとつない。王子は時おりふと願望する。彼女が悪賢い目付きでじらしてくれたら、孔雀《クジャク》の羽で作った扇を広げて胸を隠してくれたら、腹ばいになって肩ごしに悪戯《いたずら》っぽい目で「どう？」と問うようにこっちを見てくれたら、と。恋愛にかけては恐れを知らぬ王子だが、時にラプンツェルの前では気後れを感じてしまう。そんなとき、彼女が激しく抵抗してくれたらいいのに、そうしたら力ずくで屈服させるのに、と願ったりもする。だがそうする代わりに、王子はかがみ込み、ぐっと身を低くして、この上なくゆっくり、彼女の足指一本一本に唇をつける。

森の中へ

ラプンツェルに見守られながら、王子はするすると、手を順ぐりに動かして降りていき、地面に飛び降りる。王子は顔を上げ、彼女の名を呼ぶ。はるか下にいると、全然王子に見えず、森に棲む小動物に、キツネかイタチに見える。王子は塔に背を向け、木々の中へ消えていく。暗い空が白みはじめている。突然の欲望が湧いてくる。塔から飛び降りたい、ずっとずっと下まで墜ちていきたい——髪が煙のように彼女の上に浮かび上がり、風が下から押し寄せてきて、世界の重さがなくなる、素敵な落下、至福の死。

ブラシをかける

明るくなっていく寝室で、女魔法使いは窓辺の食卓に座り、ラプンツェルの解《と》かれた髪にブラシをかけている。ラプンツェルは向かいに座って薬草を煎じた汁を飲んでいる。針仕事は脇に置かれ、彼女は少し疲れて見える。よく眠れていないのでは、それとも何か病に罹りかけているのか、と女魔法使いは心配している。薬草で元気が戻るはずだ。髪はとにかく長いので、一番上から始めてだんだん降りていくのではない。一番下から始め、ひと抱えの髪を膝に載せて、ブラシをかけてもつれを解くのだ。ブラシは梨材で出来ていて、イノシシの黒っぽい毛。村の老女の腰痛を治してやった代金代わりに受けとった品だ。膝ひと抱え分の髪を終えると、手をのばしてもうひと抱え取り、終えた分はそっと脇へ押しやると、髪は両脚をフワッと越えて床に落ちる。離れて見ると金髪だが、近くで見るといろんな色が見てとれる。小麦色、仔鹿色、赤味がかった金色、バターの黄色、蜜の茶色。膝に載った髪は陽なたで寝ている温かい猫だ。ブラッシングが済むと、女魔法使いは髪を根気よく、一本の太い三つ編みに編んでいく。巻かれた柔らかな塊は次第に縄のように重くなって、日光を思わせる蛇が床をズルズル這っていく。女魔法使いはふたたびラプンツェルを見る。ラプンツェルのことはいくら見ても飽きない。娘の頭は窓の方を向いているが、外を見ているのではない。目はなかば閉じている。朝の光が首と頬の下半分に当たっている。まばたきはしていない。自分の内側を見つめているのだ。何考えてるんだい？　と女魔法使いは叫びたいが、そうはせず、膝に載せた髪にブラシをかけつづける。突然、彼女はかがみ込み、髪の中に顔を埋《うず》めて、その香りを吸い込み、そこらじゅうに唇をつける。疚《やま》しい顔を彼女は上げるが、ラプンツェルは夢見心地によそを向いている。

夜明けの光が斜めに差す森を馬に乗って帰りながら、王子は己の弱さを責める。今夜もまた梯子のことを訊かなかったのだ。毎晩彼はラプンツェルに一束の絹を持っていく。これを彼女が、敷き布団の下に隠した、次第に長くなっていく絹の梯子に織り足すことになっているのである。この案を思いついたときに、初めからすっかり出来上がった梯子を贈ってもよかったのだが、王子としては、脱出の営みに彼女にも主体的に関わってほしいのである。世間から隔てられた生活を捨てて、王女として公人の生活に乗り出す心の準備が彼女にはまだ出来ていないのでは、と王子は心配している。実際、最近は梯子の話をいっさい避けるようになった。このことに王子はもっと心を乱されていいはずなのだが、彼自身、疑念がなくはないのだ。進展を訊ねる代わりに、王子は黙ってラプンツェルに絹の束を渡す。彼女はそれを敷き布団の下に滑り込ませる。二人はそれについて何も言わない。

秘密

女魔法使いが髪を編みつづけるなか、ひとまず彼女の刺すような視線を浴びずに済んでラプンツェルはホッとしている。ひょっとして女魔法使いは何かを疑っているのだろうか？　王子の存在を隠すことによって、自分の名付け親でもある女魔法使いを残酷にだましているということはラプンツェルも自覚している。そう思うと、棘《とげ》が刺さって熱を持つ指のように胸が痛む。王子のことを何もかも打ちあけられたら、とラプンツェルは思う。王子を知りさえすれば、きっと女魔法使いも彼のことを好きになると思うのだ。ラプンツェルはしばしば、陽あたりのいい部屋で三人一緒に暮らしている情景を思い描く。でも本能的な勘がはたらいて、王子のことは内緒にしている。女魔法使いが本当に自分を可愛がってくれて、甘やかし、何でも望みを叶えてくれていることは承知しているが、まさにその献身のひたむきさが、話してはいけない、とラプンツェルに警告している。女魔法使いにとって、彼女はすべてである。すべてということは、ほかには何も入る余地がないということなのだ。時おり、不意に何か音がして、女魔法使いが窓辺に飛んでいくことがある。そんなとき女魔法使いの目は、森を見渡しながら、非情に、冷酷になっていく。前かがみになった体は折れ曲がり、おそろしく老いて見える。こういう場合ラプンツェルは目をそらし、変化が過ぎるのを待つ。強い情愛のしるしを、女魔法使いがいつも求めていることを彼女は知っているし、事実ラプンツェルとしてもつねに強い情愛を感じてはきたのだ。王子の夜ごとの訪問は、裏切りの行為としか受けとられないだろう。それにまた王子が、女魔法使いのことを直接は非難せずとも、ラプンツェルの暮らしを幽閉と呼び、快く思っていないことは明らかだし、一緒に塔から宮廷に逃げようと誘っているのだ。そうして彼らは結婚し、一生ずっと幸福に暮らす。ラプンツェルは敷き布団をチラッと見る。その下には、なかば出来上がった梯子の下に、最新の絹の束が横たわっている。それから女魔法使いを見ると、女魔法使いはかがみ込んでラプンツェルの髪の塊に顔を押しつけている。

計画

王子の計画は二つの要素から成っている。脱出と、行先。両方ともある程度ラプンツェルに明かしたけれど、あくまである程度でしかない。どちらの要素にも、複雑な計算が派生的に伴い、それを彼女と詳しく話しあわないといけないのだが、まだその時間をちゃんと作っていないのだ。脱出は間違いなく困難だろう。何しろおそろしく高い塔だから、飛び降りるなんて論外だ。だが王子は二つの案を思いついている。一つは梯子であり、これは彼女の全面的な参加が必要で、これまで何週間もかけてきちんと説明してきた。二人はもはや梯子の話はせず、梯子は引出しに埋もれた古い恋文みたいに敷き布団の下に隠れている。だが案はもうひとつある。こちらは人間の本性の中の衝動的な部分に訴える、ラプンツェルに即刻すべてを賭けるよう促す内容である。いまこそその機だと判断したとき、王子はこの第二案を明かすつもりだ。二人は一気に行動を起こすだろう。王子がラプンツェルの三つ編みを鉤に結《ゆわ》えつけ、地上まで降りていく。ラプンツェルはただちに髪を引き揚げ、鉤から外し、もう一度、三つ編みの一番端を鉤に結えつける。こうすれば、自分の髪を使って自分が降りていける。降り立ったら、王子が母のお針子から借りた金の鋏で三つ編みをチョキンと切り、二人は馬を二頭待たせてある森の中へ逃げる。そうして馬に乗って去っていく——でも、どこへ？　脱出同様、行先も簡単な話ではなく、ここでもやはり王子は、ラプンツェルに対しすっかり率直にふるまってはいない。君を宮廷に連れていきたい、とは言ってあって、これはこれで嘘ではない。けれども、彼女が王女として廷臣や貴婦人に囲まれて暮らすのに苦労するかもしれない、という懸念は打ちあけていない。そこでは誰もが作法と流儀に則《のっと》って行動し、あんなものに倣《なら》うのは無理だと彼女は思うかもしれない。宮廷の誰もが、とりわけご婦人方が、彼女をじっくり観察し、自分たちの規範に従って評価を下すだろう。ラプンツェルは宮廷の慣習に通じていない。宮廷流の機知、宮廷流の洗練、手短で思わせぶりの物言いを操る機知を欠いている。彼女の名前までも、からかい混じりの注意を惹くだろう。王子としてもラプンツェルのことを恥じているわけではないが、お上品な批判の圧力にいずれ影響されて、彼女の至らぬ点におそらく苛立つようになってしまうことは自分でもわかっている。当初はみずみずしさ、無垢さに感心してもらえても、そうした特質は、長い目で見れば、宮廷にあっては退屈なものと見えかねない。ならば宮廷は全面的に避け、二人でどこか山奥の、王家の所有する屋敷に逃れる方が得策かもしれない。むろんそのような住居にも、召使いの大集団が配され、彼らの多くは屋敷内で大きな権力をふるい、また、人に命令し慣れた高貴な生まれの主人に仕えることに慣れている。心優しい、公人としての生活の経験もないラプンツェルは、すぐさま弱い人間と見られてしまうだろう。人里離れた、森深い山の中腹にある、つましい山小屋を選ぶ方が、あらゆる面でよいのではないか？それなら二人きりで、何の気兼ねもなく暮らしていける。野生のベリーを蔓《つる》から捥《も》いで食べ、澄んだ小川の水を飲み、手をつないで自然の楽園をさまよう。頭の中で「自然の楽園」という言葉が聞こえて王子は気をよくするが、同時に不安も感じる。王子は自分という人間を知っている。宮廷から何日か離れていると落着かなくなることはわかっている。当意即妙のやりとり、豊かな饗宴《きょうえん》、ひっきりなしに到着する戦《いくさ》の知らせを携《たずさ》えた使者たち、重要な世界の中心にいるという感覚が恋しくなってくるにちがいない。万事考慮するなら、二人でひたすら移動を続け、一か所に数週間以上とどまらないようにするのが得策ではないか？　流浪の暮らしを思うと、王子は嬉しくない。どのように考えても、愛するラプンツェルとの、これだという暮らし方は思いつかない。何だかまるで、王子自身が塔に閉じ込められていて、見慣れた寝室の向こうが見通せないかのようなのだ。想像の中で、王子はその部屋を抱えてあちこちに運んでいく。それは心安まらぬ、満たされない孤独だ。

夜の心配事

真夜中に女魔法使いは庵で、手をうしろに組み体を前に傾けて食卓の周りをぐるぐる回る。そう、間違いない。ラプンツェルは何かを隠している。昼のあいだ一度ならず、じっくり見られるのを避けるみたいにさっと目をそらしたのだ。そうかと思うと、うっとり恍惚状態のように、目をなかば閉じて遠くをぼんやり見たり。女魔法使いは危険を察する。誰かに塔を見つかったのか？　ラプンツェルが窓辺にいるのを見られたのか？　最悪の事態を女魔法使いは想像する。知らない人間が塔をよじ登って、寝室に入っていく。憤怒の念が女魔法使いの胸に燃え上がる。落着かないと。何といっても塔は、広大な森の真ん中で巨大な木々に囲まれ、これ以上はないというくらいしっかり隠されているのだから。塔の頂は木々の梢《こずえ》ほど高くはないから、遠くからは見えない。そしてかりに何かの間違いで誰かがたまたま見つけたとしても、頂まで達するすべはない。塔はあまりに高く、壁には手や足を掛ける取っかかりもないし、あの窓まで届くほど長い梯子は世界中どこにもない。たとえ名匠の工房でそんな梯子が作れたとしたって、苔むした大木が不規則に生えている鬱蒼とした森の中を運んでこられるわけがない。木々のあいだを何とか運んでいく方法をよしんば考え出したとしても、そこらじゅう塔の壁にほとんどくっつかんばかりに木の枝がのびているのであり、いかに想像力を駆使したところで、一連の枝と塔とのあいだの狭い空間に梯子をまっすぐ立てるなんておよそ無理な相談だ。あくまで仮説として、梯子を高い塔に立てかけるすべが見つかったとしても、それを小さな寝室の中まで引き寄せるのが不可能なことは少し考えれば明らかだ。自然の法則をしばし無視して、梯子を奇跡的に部屋の中まで引き寄せられたとしたところで、塔の周りに乱雑に生えた茨《イバラ》の藪に一目瞭然の跡が残るはず。いいや、ああやって目をそらし、なかば目を閉じ、気もそぞろなのには、きっと何か別の原因があるのだ。ラプンツェルは病に冒されたのか？　時おり窓の下枠にとまって、陽を浴びた生乾きのタールみたいに黒光りするカラスに何か伝染《うつ》されたのかもしれない。あの窓台からは離れているよう、何度も口を酸っぱくして言ってきたのに。とはいえラプンツェルは、食欲が減ってもいない。実際、このところ少しぽっちゃりしてきたくらいだ。やはり病気とも違う。何かがおかしい。女魔法使いにはそれが、天候の変化のように感じとれる。食卓の周りを依然ぐるぐる回りながら、秘密の原因を、隠れた理由を、暗い可能性を彼女は考える。果てない夜、痛みに苛《さいな》まれる動物のように軋む床板の輪の中で、もっとしっかり見張らないと、と女魔法使いは胸に誓う。

摑めない

王子は女魔法使いのことを知っているのに、女魔法使いは王子のことを知らない。そのせいでラプンツェルは、女魔法使いに対し不正直にふるまっている自分を責める。とはいえ、実は王子に対しても不正直にふるまってきたことも認識している。敷き布団の下に隠した梯子に、絹を継ぎ足すのをやめてしまったというだけではない。それよりもっとずっと悪い。王子はこれまで何度も、塔の外での生活のことを彼女に話して聞かせてきた。宮廷について王子は語り、宝石で飾った貴婦人たち、螺旋《らせん》の階段、一角獣のつづれ織り、高い食卓での饗宴、豪奢な掛け布で囲んだ寝台を語って、彼女はそれを、まるで途方もない物語の本を読んで聞かされているかのように聞いてきた。けれども、自分も物語の中に入っていくところを想像しようとすると、とたんに落着かぬ思いが、不安な震えが生じてしまう。あたかもそれらの情景には人に危害を加える力が宿っているかのように、彼女は怯《おび》えてしまう。とりわけご婦人方のことを思うと、漠とした恐怖感が胸に満ちる。だがまだほかにもある。宮廷、王様、侍女、酒瓶、猟犬……どれも上手く把握できない、心の手で上手く摑めないのだ。彼女が知っているのはこの食卓、この窓、この寝台、それだけだ。王子はどこか別の領域から、遠くの場所の香りを携えて彼女の世界に飛び込んできた。夜明けとともに王子が消えると、ラプンツェルは夢から覚めて、この食卓、窓、寝台に戻ってくる。もしかりに、夢宮廷の実在を信じられたとしても、自分がそこでは場違いな訪問者でしかありえないこと、妖精の国から来た侵入者にしかなれないことを彼女は知っている。王様、女王様、廷臣たち、宝石で飾ったご婦人方の厳しい眼差しを浴びて、彼女は靄《もや》に変わり、消滅してしまうだろう。すべてがずっといまのままでいられたら！　日は沈んだ。女魔法使いは森の中に消え、王子はまだ来ていない。窓辺は涼しい。夕闇の静けさが雨のように降ってくるこの瞬間の有難味を、ラプンツェルはしみじみと感じる。

一八一二年と一八一九年

一八一二年版『子どもと家庭のためのメルヒェン集』では、ラプンツェルが女魔法使いに、どうしてこの服こんなにきつくなってきたのかしら、と無邪気に問うたせいで妊娠が発覚する。一八一九年の第二版では、もっと子どもに相応しい話にしようと、ヴィルヘルム・グリムがこの一節を書き換えている。ラプンツェルが迂闊《うかつ》にも、なぜあなたの方が王子様より引き揚げるのが大変なのかしら、と女魔法使いに問うのだ。

発覚

この種の事柄の常として、それは突然起きる。不用意な一言、一瞬の油断。あっという間にすべてが変わる。いま女魔法使いは、怒りに顔を恐ろしい形相に歪め、ラプンツェルを見下ろして立ちはだかる。ラプンツェルは身を引いて椅子の背に貼りつき、片方の前腕を顔の前に持ち上げる。女魔法使いは大きな鋏を獣のあごのように開き、ラプンツェルの三つ編みの上にかざしている。三つ編みは娘の肩を越えて垂れ、床を伝ってのびている。女魔法使いの鼻が、もうひとつの危険な道具のように顔から荒々しく突き出し、あたかもラプンツェルの頰を切り裂こうとしているみたいに見える。あごのいぼから硬い毛が三本、針金のように飛び出している。目は触ったら熱そうだ。一方、前腕の上から覗くラプンツェルの両目は大きく見開かれ、悲鳴を上げている二つの口に見える。眉は髪の生えぎわ近くまで持ち上がっている。鋏の刃の巨大な影が、ラプンツェルの流れるような服の胴着の部分に落ちている。

夕闇

いつまでも色褪せない。両手で握った髪の感触、まっすぐ切り立つ壁、地球の引力、両腕の疼《うず》き、壁石に踏んばる両足。背後に宮殿はなく、上に夢の部屋もなく、いまここの事実があるだけ――硬い石、よじり合わされた髪、突き出した膝。王子は若く、逞しく、幸福で、生きている。世界は素晴らしい。

荒野

鋏の刃をぎゅっと閉じて、女魔法使いはラプンツェルの髪を、その裏切りの髪を切ってしまい、彼女を荒野に追放した。そこは岩と野茨《ノイバラ》の場、ぼうぼうにヒースが茂る場である。チクチク尖った藪と、ねじ曲がった木々が干からびた大地から突き出ている。乾ききった川床に凹んだ溝がのび、薊《アザミ》の塊があちこち生えている。日ざしはあまりに熱く、岩蔭にヒキガエルの死体がいくつも転がっている。夜はおそろしく寒いだろう。ラプンツェルは大きな石の凹みに入ってしゃがみ込んでいる。両手の付け根を目に押しつけていると、やがて光の点が見えてくる。彼女は両手をだらんと下ろし、ぼんやり彼方を見る。これは夢じゃない。

窓辺で

奴がそこにいる、邪悪な者、簒奪者《さんだつ》が。風に揺れる木の葉のように、男の顔に恐怖の表情が広がるのを女魔法使いは見守る。彼女の作戦が功を奏したのだ——鉤に縛りつけた、三つ編みの髪の囮《おとり》。男が美男子であること、王子であり若き神であることを女魔法使いは見てとる。その顔の美しさが、彼女の肌を針のように刺す。彼女は憎悪の思いを絶叫する。二度とあの娘に会うな！　二度と！　女魔法使いの言葉は彼女自身の喉を焦がし、王子の目を焼く。王子には、この美男子、この神人間には、世界のすべてがある。金持ちで、幸福で、何も必要としていない、なのに塔を昇って彼女のただひとつの幸福を盗んだのだ。黒い憎悪が煙のように自分の中から噴き出すさなかにも、王子の顔の力を女魔法使いは感じる。彼女は心を揺さぶられている。王子の目を爪で掻きむしってやりたい。王子は呆然と女魔法使いを見るがその目は徐々に変わりつつある、もはやその目は若くない、そして王子は塔から飛び降りる。

落下

落ちていきながら、これこそ昇るという行為の核心に埋もれていた秘密であること、昇るという行為の暗い双子であることを王子は悟る。自分の愛するものすべてが、人間の努力を残酷にあざ笑うこの裏返しの昇りによって抹殺される。子供のころ王子は、鞠《まり》を井戸の上で手放してそれが落ちていくのを眺めたことがある。いまは自分がその鞠だ。夢寝室からどんどん離れていき、彼がいなくなった寝室はどんどん高く上がっていって……じきに雲より高くまで上がって永久に失われてしまうだろう。とはいえこの落下、この柔らかな降伏は、屈服しないことの硬さで彼を満たす。胸の内で拒絶が膨らむのを、抵抗の波が一気に高まるのを王子は感じ、勝利の恍惚とともに王子は最後の冒険を迎え入れる。目に吹き込んでくる風、頭上に舞い上がって流れていく自分の髪、鼻孔に感じられる緑のぴりっとした匂い。

ラプンツェルの父

自分の土地と女魔法使いの土地を隔てる高い塀の向こう側で、ラプンツェルの父は菜園の手入れをしている。二年前に妻を亡くして以来、雑草を抜き、蔓の支柱をまっすぐに直し、土に水をやる時間がますます増えてきた。菜園は高い塀にぴったり接しているが、彼が塀を越えたことは人生で三度しかない。一度は、隣人の菜園からレタスを盗んできてくれと妻にせがまれたとき。二度目は、もう一度レタスを盗みに行って女魔法使いに捕まり子供が生まれたらその日に子供を差し出すと約束させられたとき。そして三度目は、一年以上が過ぎ、娘を一目見たくてたまらなかったのに見えたのは女魔法使いだけで、相手は激怒して彼を怒鳴りつけ、もう一度娘を見ようとしたらお前の目をえぐり取って妻も盲目にしてやると脅《おど》した。それ以来長い時間が過ぎた。時おり彼は娘のこと、女魔法使いに渡してしまった子供のことを考えるが、それは自分の小さいころのことを考えるようなもので、あまりにも前の話なのでもはや自分の一部という気がしない。王子が塔から落ちるなか、ラプンツェルの父はサヤエンドウの蔓のかたわらに生えてきた雑草の上にかがみ込む。

目

そして王子は茨の藪の中に落ちる。棘が王子の両目をえぐり出す。

時

時は過ぎた。二語、一息——時は過ぎた《タイム・パスト》。日々は顔に吹きつける風のように駆け抜けていき、週は月によって貪り食われ、年は二語の広がりの中に消えていった。時は過ぎて、大きな茨の藪が塔の周りに育っていった。いまや石は完全に隠れ、短剣のように尖った棘がはびこっていた。両開きの窓も、絡みあう枝の陰になってもはや見えなかった。毎朝、太陽が森の上空に昇る前、黒い人影が塔の下に現われる。彼女は茨の枝を一本摑み、それが手に深く切り込む。昇っていくとともに、血が幾筋も指と腕を伝っていく。棘が服を破り、髪に引っかかり、顔や喉に切りつける。痛みのおかげで少し気持ちが楽になる。てっぺんまで来て茨の窓を押し、暗い寝室に入る。盥《たらい》で体の汚れを洗い、食卓に座って、ラプンツェルの髪をほどきはじめる。柔らかい束となって膝の上に載った髪に、女魔法使いはひどくゆっくりブラシをかける。ブラッシングが済むと、髪を丁寧に編み、縄のようにくねくねと線を描く髪を寝台の上に横たえる。一日中、女魔法使いはじっとラプンツェルの髪を見つめている。時おりそれを解いて、またブラシをかける。女魔法使いは苦しみからの解放を求めるが、解放はどこにもない。茨の窓の向こうで消えゆく光があるだけだ。寝室が暗くなってくると、彼女は尖った枝の茂みをかき分け、塔を降りていく。体を裂く長い棘を血まみれの手で摑みながら。

寝室と荒野

塔の寝室で暮らしていたころ、ラプンツェルは時おり別の世界を夢に見た。壁がいたるところで行く手を阻むこともない、開かれた世界を。そしていま、四方にはてしなく広がる荒野に住むようになってみると、彼女が求めるのは安全な逃げ場のみだ。中が空洞になった岩の作る壁、盛り上がった土に開いたすきま、野茨の藪の下の狭い空間。飢えた動物の立てる音がしないか、彼女は耳を澄ます。枝と枯葉で作ったおくるみで、赤ん坊二人をくるむ。

闇

ラプンツェルが荒野をさまようさなか、王子は闇をさまよう。どの果実は食べられて、どの果実は尖った金属のように体内を苛《さいな》むかを王子は学んだ。時にはあまりの空腹に樹皮を嚙み、呑み込む。脚に嚙みついてくる動物が立てる音も聞きとれるようになったし、剣で打ちかかり、刃に付いた温かい血に触れる感触も覚えた。森の中で眠れるときに眠り、地面まで垂れた枝の蔭に隠れた空洞の場所を探し、丘の中腹にある浅いすきまに手探りでもぐり込む。あるとき、目が覚めると、何かの舌に顔を舐められているのを王子は感じる。肌には乾いた血の細かい線がびっしり貼りつき、枝に裂かれた服は潰れたベリーや落葉のねばねばで汚れている。葉の切れ端が髪にへばりついている。腰には蔓を編んで作った帯を巻いている。まだ若いのに、もつれた髭《ひげ》には白い筋が切り傷のようにのびている。

第二のラプンツェル

毎夜の長い時間、女魔法使いは忙しい。己のもっとも深い力を駆使して、闇から幻影を引っぱり出す。時おり、目が覚めると硬い床に横たわっていることもある。鏡に映った目は狂おしく光っている。菜園の世話も怠り、庵の裏手の小屋に閉じこもる。ある朝、夜明けとともに包みを背中にしょって塔を昇る。てっぺんまで来てポケットからナイフを取り出し、両開きの窓を覆う枝を切って穴を開ける。これで棘の先に引っかけられずに包みを通すことができる。部屋に入って包みを解き、人形《ひとがた》を寝床に横たえる。女魔法使いは巧みに髪を貼りつける。人形に寝巻きを着せ、一歩うしろに下がる。日の光の細い筋が、かすかに赤みの差した頰と閉じた目を照らす。腕は肘までむき出しになっている。蠟と血で作った像はきわめて正確で、生きた、息をしている女の子に見える。暗い喜びが女魔法使いの胸にあふれる。彼女は座って、眠っている女の子を見下ろす。いかなる危害もこの娘《こ》を見舞ってはならない。

歌

荒野で時は過ぎ、幼児二人は大きな子供に育ったが、王子にとって時はない。つねにある闇、それだけだ。無に等しい日々の中で、王子は岩と野茨から成る場所に行きつく。ここの太陽は炎の薄切りのようだ。ここの熱い日蔭は毛織物のようにぐいぐい迫ってくる。王子は乾いた土から根を掘り起こし、その苦い汁を吸う。夜の空気は雪のように冷たい。王子は石に体を寄せて眠る。何かが脚に打ちかかってきたので、石ころで追い払う。両目の穴が痛む。ある日、腕に摑みかかってくる棘だらけの茂みで休んでいると、歌が聞こえてくる。王子は熱に震えている。歌が自分の中から出ているのか、外から出ているのかもわからない。王子は塔に戻っていて、髪が炎のように落ちてくる。王子はぎくしゃくと起き上がる。歌が頰に触れる。王子はよろめきながらも、あたかも手を引かれたかのように歩み出る。

涙

岩蔭で顔を上げた彼女は王子を見る。両腕は折れた枝のように垂れている。両目は死んでいて、唇は痛々しい傷。もじゃもじゃの髪、髭。夢の深みから王子は、失われた人は、彼女の許にやって来たのだ。枯れかけた樹木のように見える、見知らぬ人の前に彼女は立っている。彼女は塔を、編んだ髪を思い出そうとする。いまの彼女の髪はぼさぼさで、薊《アザミ》がいくつも絡まっている。子供たちは王子が吸った胸を吸って育った。涙が棘のように彼女の目を引っかく。涙が彼の目の石に落ちる。荒野の中、水が岩のあいだから湧き出て、花が棘から飛び出す。王子はゆっくりと目を開ける。

帰還

城の四隅の塔で旗が舞う。窓という窓から吹き流しが垂れている。王子が花嫁になる人と子供二人を連れて中庭に入ってくると、歓迎の声があたりに満ちる。懐かしい友人たち、恋人たち、狩り仲間の顔を王子は見るが、なぜか心は動かされない。こうして中庭を横切りながらも、彼女のことしか考えられないからだろうか。いまにもまた彼女を闇の中に失ってしまうのでは、と心配でならないのだ。けれども、廷臣や婦人たちのあいだを進んでいき、彼らに道を空けてもらって大広間へ通じる踏み段へ向かいながら、この距離感が一時的なものではないだろうと王子は悟る。自分と、自分を歓迎してくれるこの顔たちとのあいだには闇が横たわっている。傷は癒えたし、髭は短く流行の型に切られ、マントをアーミンの毛皮で飾っても、王子はもはや彼らの世界に属していない。彼は横を向いてラプンツェルを見る。塔の中の女の子を彼は思い出そうとする、炎の雨のように降ってくる髪を、石につけて踏んばった自分の足を――だがすべては本の中のおはなしだ。いま隣にいる女性は、苦しみの猛々しい美をたたえ、それに較べると宮廷に並ぶ顔はみな子供っぽく見える。高い踏み段に二人で近づいていきながら、王子は彼女の腕に触れる。式典が一日続いて、少し疲れた。早く長い祝賀が終わってほしい。彼女と二人でしばし静かに過ごせる時が待ち遠しい。

塔の中

棘の塔の中、ラプンツェルは横になって眠り、女魔法使いは座って膝の上の髪にブラシを入れている。ラプンツェルは最近疲れている。眠るのはいいことだ。棘が十字に絡まる窓を突き抜けて、一筋の陽光が室内に差し込む。光は木の椅子の背を照らし、石の床にのび、寝台を昇って上掛けに横たわる。髪が輝くまでブラシを入れたら、女魔法使いは髪をゆっくり、丁寧に、膝の上でその重みを感じながら編んでいくだろう。時おり彼女は顔を上げ、害からも護られすやすや眠っている可愛い娘を見る。突然、女魔法使いはハッと身をこわばらせる。髪をかたわらに置き、窓辺に行って、棘の枝のすきまから外を覗く。烏《カラス》が松の枝にとまっただけだ。女魔法使いは椅子に戻ってブラッシングを続ける。しばらくしたら立ち上がって上掛けの乱れを直し、枕を叩いて膨らますだろう。ラプンツェルが目を覚ましたら、女魔法使いは薬草の飲み物を作ってやるだろう。わが娘の額に触れて、喉は痛むかと訊くだろう。だがいまは眠らせておこう。急ぐことはない。時間はいくらでもあるのだ。

ラプンツェル

王子と並んで中庭を、大広間に通じる踏み段に向かって歩きながら、数々の宝石がきらめくのをラプンツェルは意識している。衣装は色とりどりで、陽の光を捉える。中庭の上の回廊から、盾を持った男たちが見下ろす。歓迎の声があちこちから上がる。これらの顔に対して感じた子供っぽい恐れをラプンツェルは思い出そうとするが、それは古い本の中の挿絵を思い出そうとするようなものだ。ずっと昔、彼女は大きな森の只中にある塔で暮らしていた。女魔法使い、高い窓、塔の下まで落ちていく髪、すべてが薄れて消えていく。陽の当たる中庭で、明るい色の髪のきらめき、高く弧を描く眉、イヤリングを飾った耳たぶを彼女は見る。これらをじっくり眺めて、学ぶべきことを学ぶとしよう。王子はもはや、荒野以前のころのように彼女のことを疑ってはいない。かつて夜ごと王子は塔にいる彼女の許にやって来た。いま王子の視線を自分の顔にラプンツェルは感じる。彼の方を向くと、王子が疲れていることを彼女は見てとる。でももうじき休める。試練や挑戦だの、危険な冒険だのをもう王子がやめにしたことが彼女にはわかっている。そしてもうひとつわかったことがある。自分は王子より強い、ということ。いいことだ。彼女はふたたび笑い、髪をのばし、戯《たわむ》れるだろう。でもいまは、踏み段に向かって、王子と並んで廷臣やご婦人方のあいだを歩きながら、ラプンツェルは彼らの注意を惹き、彼らの視線を受け止めて、王女様を観察している彼らを穏やかな目で見る。

私たちの町の幽霊

Phantoms

現象

私たちの町の幽霊は、一部の人が考えているように暗闇にのみ現われるのではない。真っ昼間、芝生や街路に影がくっきり横たわるとき、私たちはしばしば彼らに出くわす。遭遇はごく短時間であり、二、三秒からおそらく三十秒程度だが、時にはもっと長い事例も報告される。ほとんど誰もが幽霊を見たことがあるので、見た経験のない人間に出会うのは稀である。この少数派のうち、幽霊の存在を否定するのはそのまたごく少数である。遭遇が一日のうち複数回生じることもあれば、遭遇なしに半年、一年が過ぎることもある。人によっては霊《プレゼンス》と呼びもするこれら幽霊《ファントム》たちを、一般市民と見分けるのは容易でない。彼らは透明でもなければ煙のようでもなく霞んでもおらず、陽炎《かげろう》のように揺らぎもしないし、姿や服装にも異様なところはまったくない。実際、私たちとあまりによく似ているものだから、私たちは時おり彼らを、自分たちの知りあいと間違えてしまう。もっともそうした誤りは頻繁ではなく、起きても一瞬しか続かない。彼らの方も遭遇の最中は落着かぬ様子で、そそくさと引き下がるのが常である。立ち去る前には、かならず私たちの方を見る。口は決して利かない。彼らは用心深く、捉えがたく、秘密めいていて、尊大で、非友好的で、よそよそしい。

説　＃1

ひとつの説は、私たちの幽霊はこの町のかつての住民の霊気《オーラ》、もしくは視覚的痕跡であるというものだ。この町が成立したのは一六三六年。町の大気には、私たちより前に生きた人々皆のエネルギーが充満していて、それが幽霊たちを保存し、ある種の条件が整えば彼らが私たちの目に可視となるのを可能にしているというのだ。こうした説に、しばしば疑似科学用語の武装が加わったりもするが、私たちの大多数はそれに納得していない。幽霊たちはつねに現代の服装で現われるのだし、昔の時代を偲ばせるようなふるまいも見せず、死者が空気中に視覚的痕跡を残すという主張を支える根拠もまったくないのだ。

歴史

私たちは子供のころ、父母から幽霊のことを聞かされる。父母もやはり、自分たちの父母から聞かされたのであり、その彼らもまた、子供のころに両親から——すなわち私たちの曾祖父母から——聞かされたことを覚えている。というわけで、この街の幽霊は決して新しくない。私たちの生活に突如侵入してきたとか、事物に対する私たちの認識に近年変化が生じたとかいうことではないのだ。町の歴史のさまざまな段階を通じて、幽霊がずっと存在してきたことを立証する公式記録は残っていないし、科学的報告書、法的手続きの筆記録のたぐいも存在しないが、町の図書館の二階に設けられた古文書室なら親しんでいる人間も多い。十九世紀の日記を見てみると、「あの人たち《ジ・アザーズ》」「彼ら《ゼム》」といった言及が時おり現われるのだが、それ以上詳しいことは書かれていない。十七世紀の教会の記録には「悪魔の子等」に触れた箇所がいくつかあり、これをこの町の幽霊の系譜の証しと見る者もいる反面、この言い方はあまりに一般的であって何の証明にもならないと唱える者もいる。一九三六年、町の成立三百周年を記念して刊行された公式の町史は、一九八六年に改訂され、二〇〇六年にも追補されたが、幽霊にはいっさい言及していない。編者序文には「確認可能な事実に記述を限定した」とある。

どうしてわかるのか

前腕の皮膚にさざ波が走り、それに伴って体内に緊張が走るからわかるのだ。彼らが私たちを見て、すぐさま引き下がるからわかるのだ。あとを追おうとしてもすでに消えてしまっているからわかるのだ。わかるからわかるのだ。

ケーススタディ　＃1

リチャード・ムーアは娘の枕元から立ち上がる。今夜もまた、四歳の彼女に毎晩語って聞かせる果てしない物語の四十秒ぶんを語り終えたところだ。かがみ込んでおやすみのキスをし、そっと部屋から出ていく。娘がいることが彼には嬉しい。妻がいること、家族がいることが彼には嬉しい。結婚したときは三十九、晩婚だったが、若いころにはまだその準備が出来ていなかったことは自分でも承知している。二十代には薬漬けだったし、三十代も愚かしく棒に振り、大人を憎む怒れるティーンエイジャーみたいにふるまっていたのだ。そしていま、自分の家に住むのを許されていることがほとんど信じられずにいる人間のように、胸には感謝の念が満ちている。

　廊下を通って、夫婦の居間《デン》に向かう。そこでは妻がカウチの端に座って、ＣＭ中は音を消したテレビでポリ塩化ビニール壁板を宣伝しているあいだ、テーブルランプの明かりで本を読んでいる。妻がＣＭを見ようとしないこと、そうやって時間を無駄にしないことが彼には嬉しい。彼女が本を読むこと、そこに座って彼を待っていること、テレビから発する光が彼女の手と二の腕をチカチカ照らしていることが彼には嬉しい。何かが気になりはじめているが、それが何なのか自分でもよくわからないけれども、居間に足を踏み入れると同時に、わかった、わかった——家の横の庭のテーブル、折りたたみ椅子二脚、テーブルの上のサングラス。夕食のあと妻とあそこに座っていて、サングラスを忘れてきたのだ。

「すぐ戻ってくる」と彼は言って部屋を出て、キッチンに入り、家の裏手の小さな網戸つきポーチに通じるドアを開けて、ポーチを抜け、裏庭に出る階段を下りていく。裏庭は家とシーダーの柵とにはさまれた細長い空間だ。いまは夏の夜九時半。空はダークブルー、キッチンの窓から漏れてくる光が柵を照らし、草はこのへんは黒く向こうの方は緑。彼は家の角を曲がって、よそからは見えない空間に入っていく。庭のこの一画は、柵と、横庭の生垣と、三本並んだアカマツに囲まれていて、彼はここに折りたたみ椅子二脚と、天板がガラスの白い鉄製テーブルを据えたのだ。

　テーブルの上にサングラスが載っている。その眺めは彼の気持ちを明るくする。心持ちたがいの方を向いた二脚の椅子、忘れてきたサングラス、外界から隔てられ閉じられた場所。彼はテーブルの方に歩いていってサングラスを手にとる。上等の、レンズも高価な、派手なところはないが静かにスタイリッシュな品だ。それをテーブルから取り上げた瞬間、両腕の皮膚に彼は何かを感じ、一番遠いアカマツのかたわらに立つ人影を目にする。ここは家の裏手より暗く、彼女の姿はそれほどよく見えない。長身の、背のぴんと伸びた四十歳前後の女性で、顔は面長《おもなが》、黒っぽいワンピース。表情はほとんどわからないが、どうやらいかめしそうな様子だ。彼女は一瞬こっちを見てから、その場を立ち去る――怯《おび》えたようにあわててではなく、きっぱりと、一人になりたがっている人間のように。アカマツのうしろに回るともうその姿は見えない。

彼はためらい、木の前まで歩いていくが、何も見あたらない。彼はとっさに、大声で彼女をどなりつけたい衝動に、うちの娘に近づいたら殺すぞと言ってやりたい欲求に駆られる。だがすぐさま、落着くんだ、と自分に言い聞かせる。大丈夫、何も起きやしない。何の危険もない。幽霊なら前にも見たことがあるじゃないか。それでもやはり、急いで家に戻って、ポーチに入って扉の鍵を閉め、キッチンに入ってドアの鍵を閉め、チェーンをかけて、大股で居間へ急ぐ。テレビではタキシードを着た男が、部屋の向こう側のピアノの前に座った、髪をうしろで束ねた女をじっと見ている。妻はそれを見ている。妻の方に近づいていきながら、自分が手にサングラスを持っていることに彼は気づく。

目つき

引き下がる前に彼らが私たちの方に向ける表情を、私たちの大半はよく知っている。その目つきは、高慢な、敵意ある、疑わしげな、小馬鹿にした、侮蔑的な、確信なさげな、等々さまざまに形容されてきたが、好意的と見られることは決してない。きっぱり立ち去る前に、幽霊たちは私たちの方へわずかに歩み出てくるのだと主張する目撃者もいる。だがそうした見解に異を唱えて、自分たちが彼らに斥《しりぞ》けられると思うと耐えられないから彼らの動きを自分の自尊心に都合のいいように誤読しているだけだ、と論じる者もいる。

大いに疑わしい

時おり、もっと疑わしいたぐいの報告を私たちは耳にする。曰《いわ》く、幽霊たちには鼠色っぽい翼があってそれが背中で畳んである。曰く、幽霊たちの瞳は渦巻く煙である。足先は鉤爪《かぎづめ》になっていて草に当たってカールしている。このような言説は稀ではあれ決してなくならないし、おそらくは不可避であり、反駁《はんばく》しようがない。私たちの大多数には、それらは子供っぽい無責任な発言に聞こえる。ぞんざいな観察、軽率な推論、映画やテレビから得た出来合いのイメージに踊らされた想像の産物に思える。そういう描写が聞こえてくるたび、私たちはすかさず疑義を呈し、信頼できる目撃者たちによる、これまで積み重ねられてきた証拠を挙げていく。このように油断なく見張ってきたことの逆説的結果として、奇想天外な考えから救い出された幽霊たちは、つかのま私たちにとって、ノーマルでありふれた、リスかタンポポと同じくらいありふれたものに思えてしまう。

ケーススタディ　＃2

何十年も前、八つか九つの子供だったころ、カレン・カーステンはただ一度の遭遇を体験した。その記憶は生々しいと同時に曖昧である。彼らが何人いたのかも、実際どういう姿をしていたのかも思い出せないのだが、彼らに出くわした夏の午後の瞬間のことははっきり覚えている。サッカーボールを探してガレージの裏手に回ったとたん、彼らが草の上にひっそり座っているのが見えたのだ。彼らが立ち上がって去っていく前、彼女の方を向いたときに感じた何とも不思議な思いはいまも忘れない。

そして現在、五十六歳のカレン・カーステンは、両親、姪たち、十七年前に交通事故で亡くなった夫らの額縁入り写真を並べた家で、猫と一緒に暮らしている。カレンは高校の図書館司書をしていて、その生活には定まった習慣がいくつもある。毎回見るテレビ番組、週末の掃除、毎年八月と十二月のオハイオ州ヤングズタウンに住む妹一家宅への訪問、日曜日の聖歌隊、二週に一度毎回同じレストランで友人と共にするディナー（友人はそれ以外のときは電話一本よこさない）。

ある土曜の午後、彼女は二階のリネン収納室を整理し終えて、屋根裏への階段をのぼって行く。古着の入った箱の中身を選《よ》り分けて、一部は慈善団体に寄付し、一部は姪たちのために取っておくつもりなのだ。襟つきのブラウスや花柄のワンピースを、姪たちはきっと救いがたく時代遅れだと思うだろうが、ひょっとするといつの日か考えも変わって、そのよさがわかるようになるかもしれない。階段をのぼり切った時点で、あまりに突然、一気に立ちどまったものだから、自分の体が一個の物体として自分の針路に立っていることを彼女は実感する。三メートルばかり離れたところ、ドールハウスのそばに置いた古いカウチに、子供が二人腰掛けている。もう一人、三人目は、脚が一本ゆるんだ肘掛け椅子に座っている。

小さな窓がひとつあるだけの屋根裏の茶色っぽい光の下、彼女には子供たちの姿がはっきり見える。十歳くらいの、裸足にジーンズにTシャツの女の子二人と、もう少し年上の、たぶん十二くらいか、金髪の、ドレスシャツにカーキズボンという格好で、椅子に浅く座り首をうしろに倒して背もたれに当てている男の子。三人は彼女の方を向いて、すぐさま立ち上がる。そして屋根裏のなかでももっと暗い方へ歩いていくと、その姿はもはや見えなくなる。カレンは階段をのぼり切ったところで立ちつくし、片手でぎゅっと手すりを摑んでいる。唇は乾いていて、胸のうちはこの上ない興奮に満ち、いまにもわっと泣き出してしまいそうな気がする。子供たちを追って暗い方へ踏み込んでいきはしない。彼らを怯えさせたくないし、もう彼らがそこにいないことはわかっているからだ。彼女は回れ右して階段を降りていく。居間で肘掛け椅子に座って、暗くなるまでそのままでいる。喜びが彼女の胸を満たす。喜びが顔から輝き出ているのが自分でもわかる。

その晩、屋根裏に戻っていって、カウチに載せたクッションの位置を整え、肘掛けに掛けた刺繡入りの布の皺を伸ばし、小さな籐のテーブルを持ってきてソーサーとティーカップを三つずつ並べる。カウチの横に置いた膨らんだ箱をいくつかどかして、古いタイプライターを運び去り、箒で床を掃く。居間に降りていってテレビをつけるが、音量は低くしておく。屋根裏の訪問者たちが音を立てないのはわかっているけれど、何か聞こえてこないかと耳を澄ます。彼らがそこにいる姿を彼女は思い浮かべる。ひっそり三人一緒に座って、テーブル、ティーカップ、きれいに片付いた周囲を楽しんでいる。こうして彼女は毎日屋根裏に足を運ぶようになる。そのたびに空っぽのカウチと、空っぽの椅子と、ティーカップ三つの載った籐のテーブルを目にする。失望が胸を刺すが、それでも彼女は幸せだ。幸せなのは、彼らが毎日訪ねてくることがわかるから、彼らがそこに来て籐のテーブルを囲んで古い家具に座るのを楽しんでいることがわかるから。彼女にはわかる、わかるのだ。

説　＃2

ひとつの説は、幽霊たちはそこにいないというものである。私たちのなかで幽霊を見る者たちは、幼いころ吹き込まれた信念の生む錯覚や幻視を体験しているにすぎない。小さな動き、予期せぬ音が生じたとたん、それを認知した者の頭のなかにしかない視覚的存在に変換されるというわけだ。この説の難点は大きく分けて三つある。第一にこの説は、ひとつの町の住民全員が、曖昧な信号をまったく同じように解釈するという前提に立っている。第二にこれは、私たちの大半は大人になっていくにつれて子供のころのお話やら誤った信念やらを捨てていくのに幽霊は依然見えているという事実を無視している。第三に、複数の目撃者が同じ幽霊を見た無数の例がこの解釈では説明がつかない。かりにこれらの反論が決定的なものではないことを認め、幽霊が実はそこにいないという主張に同意するとしても、この説は私たちが狂っているということを告げているだけであり、その狂気の意味を明かしてはくれない。

子供たち

私たちは子供たちに何と言ったらいいだろう？　この町の大多数の親のように、幼いうちから幽霊のことを子供に話して聞かせたら聞かせたで、彼らの夜を恐怖で満たしてしまったのではないかと私たちは心配する。あるいは、彼らの胸に、決して起きぬかもしれない遭遇への希望を、渇望をつくり上げてしまったのではないかと。幽霊の存在を隠す親も心配は等しく大きい。よその子供たちにいい加減な情報を吹き込まれるのではないか、万一遭遇が生じたら心構えが出来ていないせいで危険な事態が生じてしまうのではないか、と。きちんと心構えをさせた親たちも、初めての遭遇についてはやはり心配している。一度目の遭遇は時に、私たちのうち何人かも身に覚えがあるとおり、子供の心をひどくかき乱すものなのだ。幽霊に遭っても恐れることはない、あの人たちは放っておいてほしいだけなのだから、と私たちは子供たちに請けあうが、そう言う私たち自身が恐れている。幽霊たちは本当に私たちが言っているとおり無害なのか、大人が付き添っていない子供の前ではふるまいも変わるのではないか、状況が違えば私たちが知る以上に大胆になるのではないか、そう私たちは自問する。

親子連れに出遭ったら幽霊は子供しか見ない、大人には決して向けない視線を向けてそのまま逸《そ》らさない、と唱える者もいる。子供たちを寝かしつけるとき、私たちはその枕元にかがみ込み、彼らが幽霊をめぐって訊ねる問いに優しい、穏やかな口調で答え、やがて彼らは心安らかに目を閉じる。そんなとき私たちは、自分が自分の胸のうちに不安を育んできたことを悟る。夜が更けていくにつれて不安はなおも強まり、ますます私たちの胸を苛《さいな》むだろう。

越境

長年にわたって、いい加減けりをつけるべきだと多くの者が言明してきたにもかかわらず、「越境」問題はいっこうに終結しない。「越境」とは広義に、私たちと彼らとのあいだで生じる混じりあいのすべての形態を意味する。より狭義には、彼らの、あるいは私たちの一人が本来の共同体を離れてもう一方の共同体に加わる事例を指す。だがそうした事例は仮定にすぎず、そのような再編成、忠誠の移動を示す証拠は存在しないし、そもそも、圧倒的な数の目撃者が証言するとおり、幽霊は他所者《よそもの》の前に決して数秒以上とどまりはせず、挨拶、誘いのそぶりもいっさい見せない。これを否定する主張には、つねにどこかうさん臭さが伴う。妻が彼らの一人《ワン・オヴ・ゼム》と一緒にベッドに入っているのを見たと言い張るアルコール依存症の夫。言うとおりにしないとただでは済まないと幽霊の一団に脅かされたと訴える、停学処分になった高校生。

事実と称する証言以外にも、越境をめぐる妄想が、子供たちのあいだに広まる幽霊ばなしという形で栄え、無邪気な大人がなかば信じもする。この種の物語を、接触を求める秘密の欲求の表われだと論じることはたやすいが、接触があったという信頼できる記録は存在しない。私たちのうちで、この問題に関し厳密な客観性を保とうと努める者は、そのような越境行為は可能性こそ低いとはいえ不可能ではないという事実を認めざるをえない。だから私たちは、怪しげな主張に異を唱え、おとぎばなしに笑みを漏らしながらも、気がつけば自分も、夜の突然の遭遇、こちらに向けられた頭部、しばしのためらい、重々しく上げられた歓迎の腕を思い描いている。

ケーススタディ　＃3

ジェームズ・レヴィン、二十六歳は人生の袋小路に入り込んでいる。大学を卒業後一年は、アルバイトをしたり国じゅうを旅行して回ったりしていたが、やがて実家に帰ってきて大学院に入学した。二年で必要な単位を取得し、そのあいだにアメリカ史入門の学部授業を一部受け持ちもした。それから、誰もが驚いたことに、博士論文（『南北戦争後のアメリカ［一八六五－一九〇〇］における大衆文化がハイカルチャーに及ぼした影響』）の準備を進めながら今後の人生についてじっくり考えたいと称し、休学の手続きをとった。

そしていまは、両親と一緒に暮らし、小中高の思い出が詰まった自分の部屋で日々を過ごしている。自分が論文に対して意欲を失いかけていることを彼は気に病んでいる。人生を考え直すべきだ、と感じている。誰にとっても何の価値もない抽象的な思索にふけって時間を無駄にしていないで、医学部にでも入り直して世のためになることをやるべきではないか。一五〇〇キロ離れたミシガン大学の法学部にいる恋人ともだんだん口を利かなくなってきた。自分はどこからおかしくなってしまったのか？　この人生をどうしたらいいのだろう？　いったい何の意味があるんだろう？　こういう問いは、知的な十六歳にならうってつけにちがいない。自分だって、十年前には、これらの問いをめぐって友人たちと熱い議論を戦わしたものだ。その友人たちももう結婚してローンを抱えている。

自分の人生が立ち往生し、疚《やま》しい思いに苛まれ、不幸であるがゆえ、朝起きるのも遅くなり、長い散歩に出て町じゅうを歩き回るようになった。まずは午後に、そしてもう一度夜に。昼の散歩ルートのひとつは、子供のころよく行ったピクニック場に至る。マツの木が立ち並び、テーブルが散在するかたわらの小川は、幼いころ小さな木のタグボートを浮かべたところであり――こんなふうに彼はしじゅう自分の過去と鉢合わせしている――その小川の向こうで彼は、九月下旬のある午後、彼女を見る。二本のナラの木のあいだに、彼女は一人で立って川の水を見下ろしている。太陽が下半身を照らしているが、顔と首は陰になっている。彼女はほとんど間を置かず彼に気づき、目を上げて、日陰に引っ込み、もはや彼からは見えなくなる。一人で佇《たたず》んでいたその静謐を、彼が壊してしまったのだ。

その遭遇の一瞬一瞬が彼の意識にこの上なく鋭く入り込んできて、その結果彼女をめぐる記憶は、美術館で見る中世の三連祭壇画《トリプティク》のように三部に分かれることになる――気づき、注目、視線の回避。

一枚目の祭壇画においては、彼女は肩に力が入っていて、闇のなかで何か物音を聞いた人間のように体全体が不自然に静止している。二枚目――目が上がって、まっすぐ彼を見つめている。これが続いたのはほんの一秒のことだっただろう。胸に残ったのは、その目付きにこもっていた厳しさだ。あたかも彼女の心を彼がかき乱してしまって、謝罪が必要となったかのように思えた。三枚目――体がなかばそむけられる。おずおずとではなく、一種の威厳をもって彼女は引き下がり、侵入してきた彼を責めているように感じられる。小川をまたいで彼女を探しに行きたいという欲求をジェームズは強く感じるが、二つの思いに押しとどめられる。彼が寄ってくることを彼女は歓迎しないだろうという懸念と、どのみち彼女がもう消えてしまっているという直感。

家に帰るが、目にはいまだ、小川のほとりに立つ彼女の姿が浮かんでいる。いなくなったいま、彼女がより生々しくなっていることを彼は感じる。彼女があたかも、彼のなかで生を得つつあるかのように。不自然な静止、怖い目付き、そむけられた顔。ぜひとも謝らねばならない、そう彼は感じるが、謝りたいと思うのは、もう一度遭いたいという思いの仮面にすぎないことは自分でもわかる。まる二日無為に過ごした末に、彼は小川に、彼女が見えたときに自分が立っていたその地点に戻っていく。そして四時間後、うちひしがれて、落着かない、苛立たしい思いとともに家に帰っていく。何かが自分の身に起きたこと、何かおそらく有害な出来事が起きたことが彼にはわかる。だがそれも気にならない。毎日毎日、希望もなく、喜びもなしに、彼は小川に戻っていく。こんな侘《わび》しい場所で、自分はいったい何をしているのか？　二十六歳なのに、彼はもうすでに老人だ。

　木々は紅葉しはじめ、空気も冷えてきている。ある日、小川からの帰り道、ジェームズはいつもと違うルートを歩く。かつて通《かよ》った、背の高い窓が二枚ずつ並ぶ高校の校舎の前を過ぎ、昔よく橇《そり》で遊んだ丘に至る。この町から出ないと、と彼は思う。どこを向いても、子供のころの日々、思春期の日々が飛び出してくるのだ。どこかへ行かないと、何かをしないと。長いあてのない散歩をするのも、内なる混乱が外に表われたものと彼には思える。丘をのぼって、葉の落ちたナラやブナや黒っぽいモミの木のあいだを抜け、てっぺんまで行って、カレン自動車整備店の裏手にあるマツの木立を見下ろす。坂を下りながら、橇のハンドルを彼は両手に感じ、赤い滑走部《ランナー》が雪に食い込み、マツの木立まで来ると彼女が倒木の幹に座っているのが見える。彼女は首を回して彼を見て、立ち上がり、歩いて視界から消える。

　今回は彼もためらわない。林のなかに彼は駆け込む。林の向こうに、白く塗られた整備店の裏側が見え、鮮やかな青のフロントフェンダーがタイヤに寄りかかって横たわり、そのもっと遠くで小型トラックが道路を走っている。青白い陽光がマツの枝のすきまから斜めに差している。ジェームズは彼女を探すが、見つかるのはシダの絡まり、ビールの空缶、アイスクリームの一パイント容器のふたのみ。家に帰って、子供のころから使っているベッドに倒れ込む。かつてはこのベッドの上で、長い午後のあいだずっと、有名な科学者や探検家に成長していく少年たちの物語に読みふけったものだった。彼女の凝視を、彼は呼び起こそうとする。あの厳めしさが彼を打ちのめすが、と同時に引き寄せもする。それが自分には欠けている力だと感じられるからだ。

自分がまずいことになっているのが彼にはわかっている。彼女のことを考えるのをやめないといけないこともわかっている。考えるのを絶対やめないだろうということもわかっているし、そこから何ひとつ生まれようはなく、自分の人生が損なわれるだけだということもわかっている。そして自分の人生を損なうものに彼は惹かれている。もう大学院には戻らないだろう。彼は両親を失望させるだろう。恋人も失うだろう。そのすべてが、彼にとってはどうでもいい。どうでもよくないのは、あの幽霊の女性に、怖い目で彼を見て顔をそむける女性に、もう一度遭いたいという思い。彼は弱い、愚かな、軽薄な人間だ。そしてそんな言葉も彼には何の意味もない。暗い愛の世界に彼は入り込んだのであり、そこから出る出口はない。そのすべてが彼にはわかっている。

行方不明の子供たち

ごく稀に、子供が行方不明になる。ほかの町でも同じことは起きる。あなた方の町でも起きる。森で迷子になって六時間後に発見される子供。いつまでも帰ってこない、永久に消えてしまう子供。野球帽をかぶった見知らぬ男と一緒に、小学校の向かいに駐めたバンのなかにいるのを目撃されたのが最後であったりする。私たちの町では、それをいつも幽霊のせいにする者がいる。曰く、自分たちの仲間に加えるために幽霊たちは子供を攫《さら》うのだ。彼らはつねにしかるべき瞬間を、私たちの注意が緩む瞬間、ふっと気が抜ける瞬間を待っている。

私たちのなかで幽霊を擁護する者たちは、幽霊はいつも私たちの前から引き下がるではないか、幽霊が私たちの世界の事物と物理的に接触しうるという証拠はないのだし、人間の子供が幽霊と一緒にいるところを見た者もいないではないか、と粘りづよく指摘する。そうした議論も、幽霊を非難する者を納得させはしない。たとえ行方不明だった子供が森のなかで発見されて、リスを追いかけて迷い込んだだけだったと判明しても、あるいは、三〇〇キロ離れた町において病んだ一人暮らしの人物の家の庭から遺体が発見されてもなお、幽霊が何らかの形で加担したのではないかという疑いを彼らは捨てない。偽りの非難や途方もない作り話に抗して幽霊を擁護する私たちも、幽霊たちが自分たちだけでいるとき、あるいは立ち去る前に一瞬私たちの方を向くとき、実は何を考えているかわからないことは認めざるをえない。

異例の事態

時おり異例の事態が生じる。スーパーマーケットにいる幽霊、寝室にいる幽霊。そんなとき、幽霊のふるまいに関する私たちの観念は揺さぶられる。私たちを見たとたんに引き下がる彼らが、なぜわざわざ遭遇が避けようのない場に現われるのか？　私たちの幽霊について、我々は何か誤解していたのだろうか？　たしかに、たとえスーパーや衣料品店の通路で遭遇しても、あるいは私たちのベッドの端に座っていたり枕に寄りかかって横たわったりしているところに出くわしても、彼らはいつもと同じようにふるまう――私たちの方を見て、すぐさま引き下がるのだ。それでもやはり、彼らがあまりに近くまで来たと私たちは感じてしまう。私たちにはわからない何かを彼らは私たちから求めているのではないか、そう感じてしまう。そして、それほど人の多くない、閉鎖された鉄道駅の裏手や畑の向こう側などで彼らに遭遇して、やっと私たちは少し気を緩めることができるのだ。

説　#3

ひとつの説は、私たちと幽霊たちはかつてひとつの種族だったのだが、この町の遠い歴史のどこかある時点で二つの社会に分裂したというものである。この説の心理的派生物として、幽霊たちは私たち自身の、望まれない、あるいは認知されない、私たちが避けようと努めながらもくり返し遭遇してしまう部分だという見解が出てくる。彼らが私たちを落着かなくさせるのは、私たちが彼らを知っているからだ。彼らは私たち自身なのだ。

恐怖

私たちのうち多くは、どこかの時点で、恐怖を感じたことがある。たとえば、友人たちと晩を過ごして、妻と一緒に帰ってきたところだとする。玄関の明かりが点いていて、閉じたブラインドの向こうでリビングルームの窓もほんのり光っている。車から降りて家の前の芝生を横切り、玄関前の階段まで来たところで、向こうのミザクラの木のそばに何かがいることにあなたは気づく。それから一瞬、彼らの一人が、暗い枝の蔭に引き下がるのが見えるともなく見える。枝には玄関の明かりがわずかに注ぐのみ。恐怖が訪れるのはそんな瞬間だ。それが自分の奥深くに、いまにも蔓延しようとしている病原菌のようにひそんでいるのが感じられる。あなたの腕をぎゅっと摑む妻の手にもそれが感じられる。そのときあなたは、妻の方を向いて、一方の肩をすくめ、軽い笑い声を上げながら「大丈夫、ただの彼らの一人《ワン・オヴ・ゼム》だよ！」と言うが、恐怖は隠しようもない。

写真の証拠

デジタルカメラ、ビデオカメラ、iPhone、昔ながらのフィルム式カメラなどによる証拠は二つの範疇に分かれる。「偽物」と「眉唾」。偽物の証拠には、つねに手を加えた形跡が露呈している。デジタル画像処理による改竄《かいざん》は、コンピュータ生成による人影からデジタルクローンまで実にさまざまな効果が可能であり、薄気味悪さを醸し出すためにわずかなぼけが加えられたりもする。だがほとんどの場合はやり過ぎて、三流映画から借りてきた陳腐な怪物に仕立て上げてしまう。比較的賢明な連中はそういう甚《はなは》だしい逸脱は避けるが、それでも何かの要素を誇張しすぎて（たいていは耳か鼻）馬脚をあらわす。こういう操作に際しては、グロテスクへ走りたいという誘惑に人は抗えぬものらしい。一方、セルロイドの偽物は、妖精写真の時代にまでさかのぼる昔ながらの方法を採る。二重露出、ネガの化学的加工、印画紙と引伸ばし機のレンズとのあいだにガーゼを入れる等々。

「眉唾」の範疇に入るものは反証もより困難である。ぼんやりした薄暗い姿、スチームの上に浮かぶ熱気の靄《もや》に似た波打つ線、いろんなものが映った窓やら木の枝やらになかば隠された形を私たちは目にする。これらの像の大半は、光による偶然の産物であって撮影した人の無邪気な思い込みにすぎない、と片付けることができる。だが、幽霊の視覚的証拠を強く望む人々は、いくら偽物だとか眉唾だとか言われても、決して全面的には引き下がらないのである。

晩春のある午後、九歳のエヴリン・ウェルズは自宅の裏庭で一人で遊んでいる。晴れた日で、学校はもう終わり、夕食はまだずっと先で、暖かい午後には夏の気配が漂う。エヴリンの一番仲よしの子は喉を腫らし熱を出して寝込んでいるが、べつにそれで構わない。エヴィは一人でこの庭で遊ぶのが好きだし、特にこういう晴れた日に、時間が四方にたっぷり広がっているときが大好きなのだ。最近彼女が凝っているのは、通りを先へ行ったところに住んでいる男の子から教わった、ルーフボールというゲームである。彼女の家の庭はお隣の家のガレージで区切られていて、奥の面とガレージと反対の面には、こんもり葉の茂ったトウヒが並んでいる。トウヒの一番下の方の枝が芝生にまで垂れて、一種の壁を形成している。

ルーフボールとは、ライム味のクールエイド粉末ジュースの色をしたテニスボールを、ガレージの傾斜した屋根に投げ上げて、落ちてきたところを捕球するというゲームである。強く投げすぎると、ボールは屋根を越えてお隣の庭に、下手をすると金網で囲んだ菜園に落ちてしまう。投げるのが弱すぎても、全然スピードがつかないまますぐに戻ってきてしまう。コツは、屋根のてっぺんのすぐ下あたりまでボールを上げて、落ちてくるボールにたっぷり加速度がつくようにすること。で、これが地面に落ちる前にキャッチするわけだが、まあワンバウンドまでは許される。エヴィはこのゲームがけっこう得意である。ボールが斜面をのぼって行くよう投げることもできるし、転がるか弾むかしてボールが落ちてくるのを見ながらどこに立って待ったらいいかもちゃんと読める。

これまでは連続八回キャッチが最高記録だったが、たったいま九回目をキャッチし、十回目を目指しているところである。ボールは屋根の頂近くで止まって、大きく斜めに転がりはじめる。彼女がぐんぐん右に移動していくなか、ボールは軽く跳ねて、宙に舞う。だが今回彼女は目測を誤ってしまい、ボールは彼女の頭上を越えていく。芝生の庭を奥の方へ転がって、ガレージからも遠くないあたりのトウヒの木の、低く垂れた枝の下に消えていく。

そこは涼しくて薄暗い、エヴィもときどき遊ぶ場所である。そしていま彼女は枝を一本脇へ押しやり、ボールを探す。露出した一本の根のかたわらにボールは見つかる。と同時に、彼女は二人の人影を見る。男と女が、木の下に立っている。二人はじっと彼女を見下ろし、それから顔をそむけて、視界の外に歩いていく。エヴィは両腕にさざ波が走るのを感じる。二人の目は芝生に浮かぶ影みたいだった。彼女はあとずさりして陽なたに戻る。庭も彼女を慰めはしない。草の葉たちが息をひそめているように思える。ガレージの側面の、白い木の壁板が彼女をじっと見ている。よそよそしい芝生をエヴィは横切って、家の裏の階段をのぼって台所に入っていく。家の中はひどく静かだ。蛇口の把手《とって》が光を浴びてギラギラ光る。居間から母親の立てる音がする。エヴィは母親と口を利きたくない。彼女は誰とも口を利きたくない。二階の自分の部屋に行って、ブラインドを下ろし、ベッドに入る。窓は裏庭の上にあって、外にトウヒの木が並んでいるのが見える。

夕食の席で彼女は黙っている。「どうしたの、今日は大人しいね」と父親が言う。父の歯が笑っている。母親は目尻に皺を寄せて彼女を見る。夜になって、彼女は目を開けて横たわっている。男と女が木の下に立って、彼女をじっと見下ろしているのが見える。二人は顔をそむける。

翌日の土曜日、エヴィは外に出ようとしない。母親がオレンジジュースを持ってきてくれて、額に手を当て、体温計で体温を測る。外では父親が芝を刈っている。その夜、彼女は眠らない。彼らは木の下に立って、影の目で彼女を見ている。彼らの顔はエヴィには見えない。彼らの服も彼女には思い出せない。日曜日、彼女はずっと部屋にいる。物音に彼女は怯える。庭でのガチャンという音、誰かの叫び声。夜、彼女は目を閉じて見守る。ボールが枝の下を転がり、そこに立つ二人の人影が彼女を見下ろしている。月曜日、母親に連れられて彼女は医者に行く。医者は銀色の円盤を彼女の胸に当てる。翌日、彼女はまた学校に行くが、終業のベルが鳴ったとたんまっすぐ家に帰って自分の部屋に行く。ブラインドのすきまから、ガレージ、屋根、芝まで垂れている深緑のトウヒの枝が見える。

ある日の午後、エヴィは居間のピアノに向かって座っている。彼女は音階練習をしている。呼び鈴が鳴って、母親が玄関に行く。エヴィがふり向いてみると、男と女が見える。彼女はピアノを離れて自分の部屋へ上がっていく。ベッドの横の小さな絨毯に座り込んで、ドアをじっと見る。少しすると、母親が階段を上がってくる足音がする。エヴィは立ち上がってクローゼットのなかに入る。古い人形や熊や象を詰めた箱の横まで這っていく。部屋のなかを母親が歩く足音が聞こえる。母親がクローゼットの扉をノックしている。「出てきてちょうだい、エヴィ。そこにいるのはわかってるのよ」。エヴィは出ていかない。

捕獲者たち

広く非難されているにもかかわらず、幽霊を捕獲しようという企てが時おり為される。その欲求は主として、何もすることのないティーンエイジャーの集団のなかで、特に夏の蒸し暑い夜に生じるが、大人がそうした欲求を示した例も知られている。かならずではないがたいていは男性で、彼らは幽霊に脅威を感じているか、未知なるものを許容できないかのどちらかである。罠が仕掛けられ、落とし穴が掘られ、檻が作られるが、成果はいっこうに挙がらない。幽霊は物質的な存在ではないというのにこうした企ては跡を絶たず、時にはきわめて精巧であったりする。

機械技師のウォルター・ヘンドリックスは、裏庭にブランコセットがあってバーベキューの道具がある中二階つきの一軒家の並ぶ界隈で長年暮らしてきたが、ある日裏庭を、幽霊たちをおびき寄せようと、マツの木の密集した藪に変容させることにした。どの木も枝に網目の細かい金網がいくつもしつらえられて、何かが下を通ったとたんにばさっと落ちてくる仕掛けになっていた。

別の界隈ではチャールズ・リースが掘削機《くっさくき》をレンタルし、地下室大の空洞を庭に掘った。穴は「土牢」の名で知られるに至り、芝土で覆ったスライド式の鋼鉄製天井が付いていた。ある夜、芝生に幽霊が現われると、リースはスイッチを押し、それによって偽の芝生がすっと左右に開いた。強力な懐中電灯を手にリースが土牢に降りていくと、怯えたシマリスが一匹いた。

一時的麻痺を引き起こす化学スプレーや、センサーが作動すると自動的に閉まるスライド式扉がついた納屋を使った者もいるし、中には稲光を生み出す機械まで持ち出した者もいる。捕獲者となるのを夢見る連中は、幽霊は捕えられないものだということが理解できない。幽霊を捕まえることは、幽霊を彼らの本質の外へ追いやってしまうことであり、私たちに変えてしまうことなのに。

説 #4

ひとつの説は、幽霊たちははじめからずっと、インディアンがやって来るより前からここにいたというものである。私たちの方こそ侵入者だというのだ。私たちは彼らの土地を強奪し、彼らを追い立てて世を忍ぶ身に貶《おとし》め、それ以来ずっと、自分たちの有利な立場を保持し彼らを服従の立場に押しとどめるべく手を尽くしてきた。この解釈は、私たちの多くが幽霊たちのなかに認めてきた敵意の説明になるし、彼らが私たちの胸に時おり喚起する恐怖もこれで納得が行く。この解釈の弱点は、人によっては取るに足らないと片付けもするが、それを支える証拠が何もないことである。

幽霊ロレーン

子供のころ私たちはみな、幽霊ロレーンの話を聞く。話すのは叔母さんかベビーシッターか、運動場にいる友だちか、親の子供である。ある日彼女は、ベッドタイムストーリーがなくて困っている不注意な親だ。ロレーンは幽霊の子供である。ある日彼女は、男の子と女の子が二人で遊んでいる庭の奥にある高い生垣のところにやって来る。子供たちはスプリンクラーの水しぶきのなかを駆け抜けたり、ボールを投げたり、フラフープを練習したりしている。そばで二人の母親が、タチアオイの茂みの前にクッションを置いてひざまずき、雑草を引っこ抜いている。幽霊ロレーンはその情景に、なぜだか自分でもわからないまま心を動かされる。毎日毎日、彼女は生垣のところに戻ってきて、子供たちが遊ぶのを眺める。

ある日、子供たち二人だけでいるとき、彼女は恐るおそる隠れ場所から歩み出る。一緒に遊ぼうよ、と子供たちは彼女を誘う。彼女は二人と違っていて、物を拾い上げたり摑んだりできないけれど、三人みんなでやれる駆けっこ遊びを子供たちは次々編み出す。いまや幽霊ロレーンは毎日裏庭で二人に仲間入りし、日々楽しく過ごす。ある日子供たちは、彼女を家のなかに招く。陽のあたる台所を、二階に通じる絨毯を敷いた階段を、二つの窓から裏庭が見渡せる子供部屋を、幽霊ロレーンは驚異の目で眺める。母親も父親も彼女に親切にしてくれる。ある日彼らは、一晩泊まっていきなさいと彼女を誘う。こうして小さな幽霊の女の子は、人間の家族と過ごす時間がどんどん長くなっていき、家族も彼女のことを自分たちの一員として可愛がってくれる。とうとう、両親は彼女を養子にする。彼らはみんなでいつまでも幸せに暮らす。

分析

子供のころはあんなに喜んで聞いたこの話を、大人になると私たちはもっと懐疑的に見るようになる。幽霊が本当に望んでいるのは私たちの一員になることなのだと示すことで、子供が幽霊を怖がる気持ちを解消するのがこの話の目的だということは私たちにもわかる。だがむろん、その内容はおよそ不正確である。実際の幽霊たちはいっさい何の好奇心も示さないし、いかなる接触の機会からも頑《かたく》なに引き下がるのだから。だが私たちの多くにとって、この話にはもっと深い意味があるように思える。この話は私たち自身の欲求をあらわにしていると私たちは思うのだ——幽霊たちを知りたい、神秘のベールを引き剝がしたいという欲求を。彼らが違っていることに怯え、彼らの他者性に耐えられない私たちは、幽霊ロレーンを通して、彼らが実は私たちと同じだと想像するのである。さらに極論する者たちもいる。幽霊ロレーンの物語は、彼らによれば、幽霊に対する私たちの憎悪、彼らを破滅させたいという願望に一応の擬装を施したにすぎない。人間の家族に仲間入りすることによって、幽霊ロレーンは事実上幽霊ではなくなる。己の本性を捨てて、人間として生まれ変わるのだ。つまりこの物語は、幽霊を抹殺したい、喰らいつくしたい、私たちに変えてしまいたいと願う私たちの気持ちを表わしている。そのセンチメンタルなうわべの下で、幽霊ロレーンの話は、侵略と殺戮《さつりく》の夢物語なのだ。

よその町

幽霊のいないよその町を訪ねるとき、私たちはしばしば肩の荷が降りたように感じる。そういう町に――子供のころ読んだ大判の絵本を思い出させる場所に――引っ越す計画を立てる者もいる。そこでは街なかや公園を安らかな気持ちで歩けて、前腕の皮膚にさざ波が走るだろうかなどと気にする必要もない。自分たちの子供が、白い柵を背景にヒマワリやスイカズラが咲き誇る緑の裏庭で楽しげに遊ぶ姿を私たちは思い描く。だがじきに、落着かない気持ちがやって来る。幽霊のいない町は、私たちにとって歴史のない町、影のない町に思える。庭は空っぽであり、街路は侘しくただ伸びている。自分たちの町に戻ると、腕にさざ波が走るのを私たちはもどかしい思いで待つ。自分たちの幽霊がもはやそこにいないのでは、と私たちは不安に駆られる。時には何週間もしてから、やっと幽霊の一人に遭遇し、庭の片隅か洗車場のかたわらで視線が私たちの方に投げられ、やがて幽霊が立ち去っていくとき、私たちは思う。これで物事はしかるべき状態に戻った、これで一息つける、と。それはほとんど感謝の念に似た思いだ。

説　＃5

どの町にも幽霊はいるのだが、私たちだけが彼らを見ることができるのだと唱える者もいる。この考え方は、なぜ私たちの町には幽霊がいてよその町にはいないのか、要するになぜ私たちの町だけが例外でないといけないのか納得できない人々にはとりわけ魅力的である。この説に対する反論は、それが単に関心の対象を町自体から町の住民に移しているにすぎないというものである。幽霊たち自身に代わって今度は、幽霊が見えるという私たちの能力が、謎となってしまっているのだ。もうひとつ、この論は、見えない者たちの棲む世界という、その存在を証明することも反証することも不可能なものを前提にしているという反論もある。これは決定的な批判だと考える者も少なくない。

ケーススタディ　＃5

毎日昼食後、二階の書斎へ戻って仕事を再開する前、私は近所の見慣れた歩道をぶらつくのが好きだ。いろんな思いが胸のうちに湧いてきて、妙な方向に展開していき、煙の切れ端みたいに消えていく。と同時に、目を惹かれる事物にも私は心を開いている。あそこの家の横に立てかけた梯子は、白い壁板を背景に影をくっきり浮かび上がらせ、そのうしろで壁板はほんの少しつき出ていて、壁板のまっすぐな影の線が板一枚一枚の底面によってほんの少しジグザグに切断されている。あの家の玄関ポーチのドアのかたわらに置かれたリサイクル容器にはあざやかに赤い傘が斜めに入っている。あそこを走っている、頭を剃った、黒いナイロンショーツにオレンジのスウェットシャツという格好のジョガーのシャツには、黒い大文字で三行にわたってこう書いてある――**よく食べよ／健康を保て／ど**

のみち死ぬけど。草が一本、ガレージから車道に出る道のひび割れから飛び出している。

四つ角の、平べったく広がった、歩道からもさほど引っこんでいない位置に建つ家の前に私は出る。濃い赤のペンキは少し塗り直した方がよさそうだ。地面よりだいぶ高い玄関ポーチの下、階段の両側は白く塗った斜め格子のパネルになっている。菱形のすきまから、棘のついた枝やシダの先っぽがつき出ている。歩道にいる私のところから、黒っぽい雑草に埋もれるようにして、古い手押し芝刈り機の把手が見える。ほかにも何か見える――わずかな動き。私はポーチの前まで近づいていって、格子のなかを覗いてみる。三人が地面に座り込んでいるのが見える。彼らは私の方に顔を向けてから目をそらし、立ち上がる。そして一瞬にしていなくなる。歩道に戻って先へ進む私の腕にさざ波が走っている。

いつも消えてばかりの、これらの存在。彼らは私の興味を惹く。今回は五十前後の男性一人と、もっと若い女性二人の姿が垣間見えた。一人の女性は髪を結い上げていた。もう一人は小さな青い野の花の小枝を髪に挿していた。男は長いまっすぐな鼻で、口も横に長かった。彼らはゆっくりと、しかし迷わず立ち上がり、闇のなかに下がっていった。

私は子供のころから、幽霊たちを、蜘蛛《クモ》や虹と同じように世界の一部として受け入れてきた。裏庭の生垣の向こうの空地でも彼らを見たし、ガレージや道具小屋の陰でも見た。台所で見たことすらある。私は可能な限り注意深く彼らを観察し、顔も見るように努める。彼らから何も望みはしない。今日は九月初旬の晴れた日。私は散歩を続け、興味をもって周りを見回す。道路からガレージへ通じる道のかたわら、スタッコ仕上げの家に接するようにして、ホースの黄色いノズルが、ダークグリーンのゴミバケツの上に載っている。その奥にブランコセットの一部が見える。クッションがひとつ、赤い柄《え》のついた草取り用の三つ叉鍬《くわ》と並んで芝生の上に転がっている。

信じない者たち

すべての遭遇はまやかしだ、と信じない者たちは主張する。私が身を乗り出して格子のすきまのなかを覗くときも、暗い雑草に埋もれたシマリスかネズミのわずかな動きを見て、そのとたん想像力が働き出すだけのことだというのだ。かくして私には男一人と女二人が見える気がし、長い鼻が、立ち上がる姿が、消え去る様子が見える気がするわけだ。数少ない細部が妙に精緻ではないか。顔は覚えていられないのに、なぜ野の花の小枝はくっきり目立っているのか？　たとえ侮辱混じりに口にされるときでも、そうした批判に私は決して腹を立てない。論理は筋が通っているし、意図も立派である。真実を確立しよう、現実と非現実を峻別しようというのだから。私は彼らの見方でそれを体験しようと努める。陽のあたる格子の背後のシマリスの動き、黒っぽい葉から召喚された曖昧な姿。不可能ではない。私は精一杯想像力を働かせ、彼らの側に立って私自身に反対する。格子の背後には何もない。すべては錯覚なのだ。結構！　私は私自身を打ち負かす。私自身を私は葬り去る。こういう練習を、私は嬉々として行なう。

あなた方

町に幽霊を持たないあなた方、私たちの報告をあざ笑い見下すあなた方。あなた方はご自分を欺いてはいませんか？　たとえば、ある気持ちのよい午後、あなたが車に乗ってモールに出かけるところだとしよう。突然――それはいつだって突然なのだ――あなたは死んだ父親が、あなたが生まれ育った家の居間にいる姿を思い出す。父親はランプテーブルのかたわらに置いた肘掛け椅子に座って新聞を読んでいる。集中しているせいで皺が寄った額、新聞の折り皺、爪先から半分垂れているモカシン革のスリッパがあなたには見える。車のハンドルが陽を浴びて温かい。明日あなたは友人の家に夕食に呼ばれている。ワインを一本持っていかないといけない。テーブルについたあなたの友人が笑っているのが、友人の妻がコンロから何かを持ち上げているのが、あなたには見える。電話線の影が路上で長いカーブを描いている。あなたの母親は老人ホームで横になっていて、目はつねに閉じている。あなたの本棚に載っている母親の写真――木の下でにこにこ笑っている若い女性。あなたは風邪をひいて寝込んでいて、母はあなたが空で覚えている本を読んで聞かせてくれている。そしていまは母の方が子供になって、横になっている彼女にあなたが本を読んで聞かせている。あなたの妹が二週間後に訪ねてきてしばらく泊まっていくことになっている。あなたの娘が裏庭で遊んでいて、あなたの妻は窓辺にいる。

記憶の幽霊たち、欲望の幽霊たち。そこらじゅう幽霊だらけで、ほかのものが入る余地などほとんどない世界をあなたは通り抜けていく。太陽が消火栓にあたって、長い影が出来ている。

説　＃6

ひとつの説によれば、幽霊なのは私たち自身である。認知科学から得られた見解にしたがえば、私たちの身体は脳の人工的構築物にすぎない。私たちは電荷を帯びたニューロンの夢の創造物なのだ。世界それ自体がひとつの大きな見せかけである。この説の強みは、私たちの幽霊のふるまいの説明がつくことだ。彼らが私たちから顔をそむけるのは、私たちの自己欺瞞を見るのが耐えられないからなのだ。

忘れっぽさ

私たちは時おり私たちの幽霊を忘れてしまう。夏の午後、陽を浴びた電線が炎のように光を放つ。木の枝の影が白い屋根板を背にして広がる。街路で子供たちが叫ぶ。空気は暖かく、草は緑で、私たちは決して死なないだろう。やがて、不安が青い空気に乗ってやって来る。叫び声の合間に、沈黙が聞こえる。いまにも何かが、私たちが知っているはずの、思い出せさえすれば知っているはずの何かが、起きそうに思える。

現状

私たちの大多数にとって、幽霊はただ単にそこにいる。私たちは彼らのことをつねに考えてはいないし、時にはすっかり忘れてしまいもするが、彼らに遭遇するとき、何かとても重要な出来事が起きたことを私たちは感じる。だがやがてそれも過ぎて、私たちはまた忘れっぽさのなかに漂い戻っていく。かつて誰かが、私たちの幽霊たちは死をめぐる思いに似ていると述べた。彼らはつねにそこにいるが、時おりしか姿を現わさないからだ。自分たちの幽霊について私たちがどう感じているのか、正確に把握することは難しいが、これだけは言ってよいと思う。すなわち、彼らを目にして、恐怖、怒り、好奇心といったおなじみの感情に捉えられる前、私たちはつかのま、未知の感覚に襲われるのだ――見たこともない、にもかかわらず見覚えのある気がする部屋に突如迷い込んだかのように。やがて世界は元の場に収まって、私たちは先へ進んでいく。

私たちには幽霊がいるけれど、私たちの町はあなた方の町と変わらない。家の前面には陽があたるし、私たちは夜中に不安な心で目を覚ますし、自動車は玄関前からバックで道路に出て方向転換する。幽霊たちのせいで、ひとつの問いが私たちの町を貫いていることは確かだが、答えが出ていない問いを抱えて生きているのは私たちだけではあるまい。私たちの大半は、自分たちは他人と少しも変わらないと言うことだろう。あなた方も、時おり私たちのことを考えてみればわかるはずだ――私たちが本当に、あなた方と変わらないことが。

妻と泥棒

The Wife and the Thief

彼女は眠る夫の妻である。眠らずに横たわり、階下の足音を聞く妻である。泥棒はリビングルームをじわじわ進み、時おり立ち止まっては、おそらくは何か品物の近くにかがみ込んで、品をかざして重さを測り、袋の中に放り込む。泥棒というのは袋を持っているものか？　彼女は夫を起こすべきだとわかっている、一刻も無駄にはできない、けれどここは確信する必要がある、しっかり確信してからでないと夫の眠りを台なしにするわけには行かない。夜に起こされると夫は二度と眠りに戻れず、翌日会社でまるっきり使い物にならず、一日は無駄になり、人生は生き地獄になり、夫は決して不満を、少なくとも直接には、死んだ方がましだなんて言ったりはしないけれど、それでも朝早く朝食の席で、そして夕食の席でもふたたびさりげなく見せつけるのだ、両目に浮かぶ疲れを、不当に眠りを奪われた肉体の悲しみを、でも確信さえあればそんなことどれも問題じゃなくなる。確信はもうある、だけど確信はあるという確信はあるか？　あの足音が全然足音なんかじゃないってこともありうる、単に家というものが夜中に立てるたぐいの、床板が軋《きし》むとか、ドアの木材がかすかに撓《しな》うとかいった音にすぎないかもしれない。でもいま聞こえるのがそういう音じゃないという確信が彼女にはある、少なくとも自分が判断できる限りでは。聞こえるのはもっとずっと規則的な音だ、あれは間違いなく足音だ、誰かが自分の家の中を動いていて自分の存在そのものを脅《おびや》かしているときに立てる音だと確信できる。けれども、聞こえる音が家の立てる音ではなく足音であって、泥棒が家の中に侵入してこそこそ這い回り、物を次々と袋の中に、泥棒というのが袋を持っているものとして袋の中に放り込んでいるのだという確信があるという確信、確信できうる限りの確信はあっても、どうして夫を起こすことができよう？　起こされた夫に何をしろというのか？　夫は善人であり、まっとうな人間であり、親切で、知的で、まあちょっと癇癪《かんしゃく》持ちではあってそういうときは近寄らない方が身のためだけれどとにかく行動の人ではない、泥棒に立ち向かう人などでは全然ない。きっといま彼女がここで横になっているのと同じにただここに横たわって、夜中に泥棒に入られて家にある物を片っ端から盗まれているいまいったいどうしたらいいのか思案するだろう、あるいはこっちはもっとまずいが降りていって泥棒と対峙することを己の義務と考え、泥棒に頭を叩き割られ縛り上げられ車のトランクに放り込まれるかもしれない、ここはまず彼女がしっかり落着かないと。何もしないのが一番だ、ただここに横たわってじっとやり過ごすのだ。泥棒が何でも好きなものを持っていってくれればいい、フラットスクリーンTV、炉棚の銀の鳩、どうぞお好きに、結婚五周年祝いに母親がくれた中国風ランプ、ダイニングルームにあるカットグラスのボウル、全部持っていっていい、ひとつ残らず持ってってよ、壊しちゃってよ、触ってよ、盗んでよ、とにかく出ていってちょうだいミスター、私たちを放っておいて。空っぽになった家で生きてる方が、趣味のいい家具のかたわらの床に倒れて死んでいるよりまし。それにしてもずいぶん時間をかけてること。きっと私たちがぐっすり眠ってるんだと、心安らかに寝床に収まってるんだと思ってるにちがいない、こちとら何も心配は要らねえ、ゆっくり行こうぜ、何から何まで盗むぞ、だけどもし泥棒が二階に上がってきたらどうする、金を探しに、ドレッサーに敷いたレースの飾り布の上に置いた宝石箱を探しに上がってきたら？　階段を上がる足音が、廊下から物音が聞こえないか彼女は耳を澄ますが、足音は階下にとどまり、いまやリビングルームからダイニングルームに移りつつあると彼女は確信する、いやそれともダイニングルームからリビングルームか、どっちだかは決めがたい。警察に電話しないと、そうすべきだ、携帯電話はナイトテーブルの上にある、ほんの十五センチの距離、でも泥棒が聞きつけて二階に飛んできたら、手にナイフを持ってたらどうする、ナイフが銃だったら、警察がやって来たものの家にいるのは眠っている夫と、真夜中に無茶苦茶な電話をかけるしか能のない誰にとっても大迷惑神経症の妻だけだったら？　じっと横になってゆっくり呼吸し千まで数えるのが一番だ、ミシシッピが一つ、ミシシッピが二つ、なんて冗談じゃない、こうやって丸太のこぶみたいに何もせず横になってるあいだにも泥棒は真夜中の階下を動き回り、立ち止まっては袋に、泥棒というのが袋を持っているものとして袋に片っ端から物を入れていて、しまいにはリビングルーム丸ごと持ち去ってしまうだろう。それに彼女自身の眠りはどうなのか、それはどうなる？　枕元の時計は三時十分を告げている。泥棒が家の中にいてひたひた歩き回って何もかも盗んでるっていうのに眠れるわけがない、明日はきっとひどい頭痛だろう、疲労のあまり、恥の念のあまり死にたくなるだろう。もっとずっと前に何かすべきだったんだ、まだチャンスがあったあいだに、いますぐ何かすべきだ、いまこの瞬間、手遅れになる前に、だって彼女こそが横になったまま眠らずに、聞いているんだから、家の中を真夜中に、スウェットのフードだかスキーマスクだかをかぶってうろつく泥棒が立てる音を。

筋肉ひとつ動かしちゃいけない、大人しい死体みたいにただ横になってるんだ、と彼女は自分に言い聞かせるがそのさなかにも上掛けを撥《は》ねのけ裸足の足の裏に絨毯を感じる。ただしっかり聞きたいだけ、確信を確信したいだけ、夫を起こす前に。家というのは夜中にいろんな音を立てるものであって、いま聞こえる音が足音だということには完全に確信があるけれど、この寝室のドアを開ければもっと確かに確信できるだろう。短いナイトガウンの上に彼女は絹のローブを羽織り、ベルトをぎゅっと締めながらものすごく慎重にドアへ向かう。ノブを回す音、掛け金がカチッと鳴る音を泥棒に聞かれたら？　廊下で彼女は立ち止まる。耳を澄まし、何も聞こえない、何か聞こえる、何も聞こえない。階段の上まで来て、足音を彼女は聞く、これで確信した、絶対の確信だ、でもほんとに正直に言うと胸のドキドキが激しすぎて何を聞くのもすごく大変なのだ。

片手を手すりに掛けて階段を下りはじめ、それぞれの段でまず左足を下ろし次に右足を下ろす。何としても避けたいのは、ゆっくり階段を下りていくのを泥棒に、まず左足を下ろし次に右足を下ろすのを聞かれてしまうこと、と同時に、彼女がいまここで何より望んでいるのは泥棒にゆっくり階段を下りていくのを、まず左足を下ろし次に右足を下ろすのを聞かれて、盗んだ品を入れた袋を、泥棒というのが袋を持っているものとして、袋以外何があるというのか、盗んだ品を入れた袋を抱えて泥棒が逃げていきみんなを安らかに放っておいてくれることが何よりの望みなのだ、まあもちろん夜中の三時に泥棒がうろついてる家で眠らずにいて泥棒に持ち物を盗みまくられて気が変にさせられるのを安らかと言えればの話だけど。彼女が階段を下りる足音を聞いたら泥棒は突然止まるかもしれない、と彼女はふっと思う。止まって、彼女が来るのを待つだろう、セクシーなローブを羽織っただけのなかば裸の姿で階段を下りてくる愚かな妻を待つだろう、きっとそうするはずだ、そうなったら夫ではなく彼女自身が、こんな真夜中、肌の擦《す》り剝《む》けるロープで手首足首を縛られて口に粘着テープを貼られることになる、いやそれとも首に紐を巻きつけられナイトガウンが腰までたくしあげられた彼女を警官たちが見下ろし、彼女の太腿をじっくり眺め、毛がとぐろを巻いた恥丘を吟味してからシートで彼女の体を覆うことになるのか。戻れ、戻れ、手遅れになる前に、戻れ、戻れ、何もかも終わるのを待つんだ、だが彼女はすでに階段を下りきって目の前は玄関先の廊下、左はリビングルーム右がダイニングルーム。家の窓は両側に留め飾り付きカーテンがあってブラインドと窓枠を覆っているがわずかな光は差し込んでいてそれが闇を和らげている、たぶんサトウカエデの横にある街灯の光だろう。それでいろんな物の形がところどころ見てとれる、カウチの片方の肘掛け、食器棚の隅。足音は止まっている。泥棒は待っている。彼女が二階に戻るのを待っているのか、もし彼女が部屋に入ってきたら彼女の首に紐を、泥棒というのが紐を持っていればの話だが、紐を首に巻きつけてカウチのうしろに引きずり込もうなんて考えているかもしれないがどうせならそんな面倒は避けたいので彼女が二階に戻るのを待っているのか。

彼女はそうっとリビングルームの中へ、いろんな物の形がところどころ見えて闇が真に黒くはない中へ入っていく。彼女は夜の猫、毛皮が命を帯び、頬ひげがぴくぴく震えている。突然彼女は立ち止まる、開いた口に片手が上がっていて映画館のロビーで見たあのポスターみたいで女の体は恐怖にこわばり長いローブはなかば開いている、でもいまのは家の外からの音、車のドアがばたんと閉まったか、ケリー家の息子がデートから帰ってきただけのこと、それとも何か別の、リスがゴミバケツに降り立った音か。泥棒がもし彼女を待っているとしたら？　カウチに座ってるとしたら？　カウチの上に誰かいる、そこにいるのが彼女には見える、黒い泥棒が待っている、それともあれってクッションか、ああ落着かなくちゃ。間抜けにも午前三時に闇の中を狂女みたいに這い回って片腕を突き出し髪を頬に垂らしてる。髪をピンで上げてくるべきだった、じゃなきゃクリップで留めてくるか、といってこんなふうにほとんど真っ暗じゃ誰に見られるわけじゃなし。かならずこの部屋のどこかにいるはずだ、足音が聞こえたんだから、あれが足音だったとして、そうじゃなけりゃ何だったたっていうのよ。彼女はカウチから肘掛け椅子に移り、肘掛け椅子からランプテーブルに、ランプテーブルから六連CDプレーヤーに移り、目を凝らし、触り、片手は薄いローブの喉近くを押さえている。新しいフラットスクリーンTVはまだスタンドに載っているし、銀の鳩も炉棚に、何もなくなっていない、すべてあるべきところにある。まだ家の中にいるんだろうか？　彼女はここでさっとすばやく、暗いダイニングルームに入っていく、カットグラスのボウルはまだテーブルの上にある、キッチンに入っていく、どのキャビネットも閉まったまま。彼女が階段を下りてくる音を泥棒はきっと聞いたんだ。逃げたんだ、尻尾を巻いて、私が家を救ったんだ。私は勝ったんだ。

リビングルームに戻って玄関のドアを確かめる、鍵はしっかりかかっている、そして彼女はさっと回れ右する。耳を澄ます。窓から入ってきたのかもしれない。ここから入ったかも、そこから入ったかも、わかったものじゃない。一階の部屋から部屋を歩いて回る、窓を一つひとつ確かめる、みんな閉まっている、裏のポーチに出るキッチンのドアも確かめる、しっかり鍵がかかっている。リビングルームで彼女はカウチに倒れ込む、頭がどさっとうしろからクッションに落ちる。確信しないといけない、確信という以上に確信しないとまだベッドには戻れない。隅に隠れていたら？　ここにいるのを見られたら？　ここにいる彼女を見て、縛って、ぶっ叩いて、袋に放り込む、シーッ。外にいて、待っているとしたら？　どうせなら窓が叩き割られたのを見つけたらよかったのに、引出しが開いていて、コースターや畳んだ地図が床に散らばって、ＴＶはなくなってカットグラスのボウルもなくなっていればよかったのに。両腕の筋肉がぎゅっと、重たい箱でも持ち上げようとしていたみたいに縮んでいる。体全体が一個の握りこぶしだ。

しばらくすると彼女はさっとカウチから降り、玄関に行く。玄関ドアの向こうには庭がある、サトウカエデ、夜の闇。しばらくじっと立ち、それから錠を外す。ドアを開けて、網戸越しに、暗い玄関前の通路を、芝生の広がりを見る。カエデの葉のすきまを通って、街灯の光が小刻みに揺れて見える。妻はドアを閉めて、錠をじっと見る。それを回しはしない。来るのなら、来るのだ。さっさと済ませてほしい。もうこれ以上我慢できない。階段をのぼり、ベッドで眠っていてさっきから全然動いていない夫の隣にもぐり込む。闇の中で眠らずに横たわり、玄関から音がしないか、足音がしないか耳を澄ます、足音はもう止まったのかもしれない、確信はできないけれど。

朝になって、夫が出勤していったあと、妻は家の中を見て回り、引出しを開け、キャビネットを覗き、クローゼットを点検する。玄関のドアが開いていたよと夫に言われた、きっと僕が昨日の夜鍵をかけ忘れたんだね、近所で強盗があったからね、くれぐれも気をつけないと。泥棒が隅に隠れていて私が寝室に戻ったときにこっそり家から抜け出したという可能性もある、と彼女は考える。リビングルームにはもう昨夜入ったから、何があるかも泥棒は知っている、テーブルの上には中国風ランプ、炉棚に銀の鳩、きっとまた来る、絶対に。ここは大きな家じゃないし、私たちは全然お金持ちなんかじゃないけど、いわゆる不自由のない暮らしではある、物もけっこう持っている、カメラ、ミキサー、旅行鞄二セット、それにあの素敵な箱入りチョコレート、ああいけない考えることがぐじゃぐじゃだ。足音を聞いたと彼女は確信している、とはいえ真夜中にどれだけ確信できるっていうのよ、それにもし足音じゃなく単に家というものが立てる音だったら、そんなの何になる？　足音が妄想の産物なんだったらほかの何もかもが妄想の産物だとしたっておかしくない、仕事に行っている夫も、家も、結婚生活も、一年生のときに椅子から転げ落ちてジョン・コナーに指されて「お前、死んでるぞ！」と言われたことも。彼女は自分の手に触れ、頰に触れる。私はここにいる。私は現実。私は夫が仕事から帰ってくるのを待っている。私は夜を待っている。

　夜に妻は、眠っている夫の隣で眠らずに横たわっている。夫の顔はわずかに向こうを向き、その息は穏やか、安らかだ。夫は寝る前にあちこちのドアを確かめ、窓をロックした、近所で強盗があったからね、うんつい先日にもさ。夢を見ているのか、安らかな夫は？　彼女の夢を見ているのか？　闇の中で彼女は足音を聞く。泥棒はそろそろとリビングルームを歩き、時おり立ち止まってはまた先を行く。彼女がここにいることを、耳を澄ましていることを泥棒は知っている。この足音は真夜中に家というものが立てる音なんかじゃない、今回は確信がある、とにかくこういう状況で持ちうる限りの確信が。昨夜やり残したことをやりに泥棒は戻ってきたのだ、昨夜は暗いリビングルームを動いていた最中に彼女に阻止されたから、彼女に追い払われたから。彼女は眠らずに横たわっている、彼女こそが家を護っているのだ。

妻は上掛けを撥ねて、ローブを羽織り、寝室を横切って廊下に出る。百パーセント確信するにはこうするっきゃないでしょ？　こんなことさっさと終わらせないと。私には眠りが必要なんだ。裸足の足が段に降り立つ音を隠そうともせずに彼女は階段を下りていく。下りきったところで「誰かいるの？」と小声で言う。しばらくして「わかってるのよ、そこにいるのは」と言う。足音はもう止まっている。彼女は迷わずリビングルームに入っていく。

闇の中を確かな足取りで、部屋の四隅を猛々しい目で見ながら動いていく。カウチの肘掛けに触れ、肘掛け椅子の背もたれに、ロッキングチェアに、壁に触れる。泥棒はそこにいない。カットグラスのボウルが緊張した動物みたいにテーブルの上でうずくまっているダイニングルームを彼女は通り抜け、キッチンに入っていく。キッチンの窓越しに、白いガレージの側面のかすかなきらめきが、真っ黒な芝の上に置いた二つの黒いローンチェアが見える。またも泥棒にしてやられた、ほんの数秒前まではここにいて彼女が階段を下りる足音を聞いていたのに。いまはもういない。フードを、あるいはスキーマスクをかぶった姿で夜の中に消えてしまった。もう行かせてしまう時だ、すべて忘れてしまう時、階段をのぼって夫の隣で眠りに落ちる時だ、そこに安らかに横たわって夢を見ている夫の隣で。でもこんな夜、安らかに横たわっている夫の隣でどうやって眠りに落ちたりできる？　こんなに落着かないのに、眠れるわけがない。眠りは夫たちのもの、眠りはこの世界の善良な人々のもの。泥棒たちと妻たちは夜を歩くのだ。

キッチンの中は暖かい。暖かい夏の夜。泥棒は裏のドアから入ったにちがいない、夫が二階に上がったあとに彼女が錠を外したのだ。逃げたのも同じルートだろうか？　彼女はドアを開けて裏のポーチに歩み出る、実はポーチという程のものじゃない、踏み段が四段と踊り場、柱があって小さな屋根があるだけ。空気は暖かいけれど涼しさがさざ波のように混じっている。暖かい涼しい夜、暗い空は星で明るく、月はうしろに傾いたロッキングチェアみたいな薄い一切れ。

彼女は踏み段を下りていって、ひんやりして鋭く柔らかい芝生が裸足の足の裏を押すのを感じる。この家の庭を隣の、目下ベッドで眠っている夫婦から隔てているトウヒの木の並びの前を大股で過ぎ、裏のマツ材の柵の前を過ぎ、ガレージの横を過ぎる。泥棒はきっとまず、暗い庭のどこかに立って家をじっくり眺め、どうやって入ったものか思案したにちがいない。庭と柵から成る安全な世界。夜になるとうしろに傾いた月の下、鍵のかかったドアの向こうで人々が眠っている世界。泥棒はどこかにいるにちがいない。どこかってどこ？　どこかはどこにもない。彼女はローンチェアの片方に身を投げ出し、脚載せの部分に脚を載せ足首を交叉させて寝そべり、すべすべしたローブは膝のあたりで開いている。夏の暖かい夜、家々の屋根の上に広がる街灯の薄明かり、こそこそ動き回るのにもってこいの夜。泥棒は裏の踏み段をのぼったにちがいない、そうしてドアを試してみて、何と！　木々の中で何か音がする。猫？　アライグマ？　もし泥棒が木の下に隠れてるならいずれ出てくる、しばらくしたらきっと。彼女が二階に戻るのを待っているだけだ、あそこにいるなら、彼女のせいで中断した仕事を完遂しようと待っている。

彼女はさっと隣のローンチェアに目を向ける。泥棒はそこにいない。彼女はうしろを見る。そこにもいない。そこにもいない、そこにもいない、そこにもいない。いなくなってしまったのだ、夜の泥棒はいなくなった、もうこの家の物を盗む気を失くしたのだ。彼女は向き直って家を見る。暖かい涼しい空気の中、うしろに倒れた月の下で彼女は待っている、見張っている、彼女は落着かない、用意は出来ている。爪先を曲げ、爪先をのばし、両の肘掛けをきつく握り、顔をさっと振ってほつれ髪を払う。何かが彼女の中で立ちのぼってきている、夜の悲しみの潮が、いまにも彼女はわっと騒々しく泣き出すだろう、苦い笑い声で絶叫するだろう。家々の明かりが点いて、隣人たちが目を丸くして窓から見下ろし、椅子に座った月がうしろに倒れ空から落ちてしまうだろう。足の裏がムズムズする。跳び上がらないと、ガバッと動いて縛りを解《と》かないと。「待つ」を内に抱え込むにも限度がある。

ポーチの階段をのぼりながら、妻はさっとうしろをふり返る。キッチンに入って、寝る前に夫が掛けた錠をまた掛ける。流しの下の箱から大きなレジ袋を取り出す。もうひとつ袋を開けて、一つ目をその中に重ねる。動きを止め、耳を澄まし、それから地下室へのドアを開ける。ドアの裏側に付いたフックから野球帽を取り、まびさしをぐっと下ろして顔を隠す。ドアを閉めて、キッチンの中を通り抜けていく。暗いリビングルームで四面ともガラス張りのゼンマイ式時計を手に取って袋に入れる。ランプテーブルの上からイタリア製の色付きガラスのトレーと、パラソルを持った女の子の象牙の小像を取り、袋に入れる。部屋の中をすばやく、着実に動いて回り、ダチョウの羽根を飾った磁器の花瓶、炉棚の銀の鳩、カリフォルニア旅行の写真アルバム、コーナーキャビネットの下の引出しにしまったスパイラル電球、ＴＶのリモコン二つ、辞書、小川のほとりに麦わら帽子をかぶって立っている彼女自身の額縁入り写真、干し草の山のかたわらで本を読んでいる女性を描いた小さな絵、引出しに入った手紙の束、木のフクロウを取る。ダイニングルームからはカットグラスのボウルと青いワイングラスのセットを、キッチンからは銀のナプキンホルダー、コーヒーメーカー、置き時計を。懐中電灯の助けを借り重たい袋を引きずって地下室への階段を下りていき、ボイラーの前を過ぎ温水器の前を過ぎ、いくつもの箱や壊れた家具が積んである隅まで持っていく。箱には古い皿、昔の医療記録の入ったフォルダ、使わなくなった手袋や帽子が入っている。盗んだ品々の入った袋を、彼女は箱と箱のあいだのすきまに押し込む。すきまの上を、三本脚の引っくり返したテーブルでふさぐ。

階段のてっぺんで、野球帽をフックに掛ける。地下室のドアを閉める。キッチンで懐中電灯を引出しに戻す。リビングルームを通り抜け、階段をのぼり、寝室のドアを開ける。夫は仰向けにベッドに横たわっている。夫は小さな男の子の鼻をしている。彼女はローブを脱いで上掛けの下にもぐり込む。暗い安らぎが、自分の中で、小石が底に並ぶせせらぎのように流れているのが感じられる。彼女は目を閉じ、死者のように眠る。

マーメイド・フィーバー

Mermaid Fever

マーメイドは六月十九日の早朝、もっとも信頼できる計算によれば午前四時半ごろ、町の公営海水浴場に打ち寄せられた。海から二ブロックのところに住み、早朝水泳を好む四十歳の郵便局員ジョージ・コールドウェルによって、五時六分に遺体は発見された。コールドウェルが見つけた時点でのマーメイドは、波の残した線のすぐ向こう側に横たわっていて、ティーンエイジャーの溺死体かとコールドウェルは思った。体は脇腹が下になって、紐状に絡まった海藻や散乱したムール貝の殻の中に埋もれていた。コールドウェルは思わずあとずさりした。厄介事はごめんだ、という気持ちがまずあったのである。すぐさま携帯で911に電話し、まだほとんど真っ暗な中、溺死した娘から三メートルばかり離れたところに立って待った。やがてパトカーが二台と救急車が一台、海水浴場の駐車場に停まった。陽はまだ出ていなかったが、海上の空の帯は真珠のような灰色に変わってきていた。「女子高生だと思いました」とコールドウェルはのち新聞記者に語り、私たちはそれを『リスナー』紙で読んだ。「あたりはまだ暗かったんです。ワンピースのようなものを着ていて上半身が破れたのかと思いました。何かが変だということは見てすぐわかりました。あまり近づきたくありませんでした」。遺体はブロードブリッジ・アベニューにあるヴァンダホーン葬儀場に運ばれ、検死官と地元の医師三人によって調べられた。当初の報告によれば、遺体は「見かけとしてはマーメイドに思える」が、断定的な声明が出されるにはさらに検査を行なう必要があるとのことだった。近隣の大学に勤務する海洋生物学者二人が数時間後に到着し、当初の所見の正しさを裏付け、彼ら自身の極秘報告書の中では「マーメイドが本物であることに疑いはない」と記した。

町は当初から、すべてを公表したいという衝動と、メディアの襲来から私たちの街路を守りたいという欲求とに引き裂かれていた。町の当局は外部の調査者たちに可能な限り協力したが、マーメイドの写真撮影は許可しなかった。遺体は町の所有物だと当局は主張し、所有権を放棄することも拒んだ。マーメイド問題を扱う特別委員会が立ち上げられ、二十四時間限定で遺体をハートフォードの病院に提供することが決議された。ここでさらなる検査が行なわれ、組織のサンプルを集めるのだ。

マーメイドは十六歳で、健康状態は申し分ないと報じられた。死因は、下半身である魚体の部分の大きな負傷による大量出血。どうやらサメに襲われたものと思われる。彼女が人間の肺を持ち、人間の心臓、人間の胃を、部分的に人間の腸も持つことを私たちは知った。腰から下、皮膚が継ぎ目なしに鱗《ウロコ》へと変わるあとでは、生殖器を含む体内の器官は大型の海水魚のそれだった。目は緑色で、鼻は小さくてまっすぐ、小さい耳が頭にべったり貼りつき、歯並びもいい。髪は豊かで艶やか、麦わら色とブロンドが交じっていて、長く波打ち腰まで垂れている。鱗は灰色がかった緑色で、茶と黒の紋が入っている。それが魚体の背一面に広がり、前面にまで回ってきているが、腹に二十五センチ程度の白い帯が残っていて、鱗の方へのびていくにつれて先が細くなり、最後は十センチくらいまですぼまっている。二叉に分かれた尾ひれは、人間の肩と平行にのびている。この体の構造からして、マーメイドはイルカや鯨と同様に腹を下にしてひれを水平にして泳いでいたものと思われたが、これはすべて、単に一番可能性の高い憶測でしかないと一人の科学者は強調した。マーメイドの習性については何も知られていないのだし、時には脇腹を下にしひれを垂直に立てて泳いだ可能性も十分あるというのだ。

すぐさまひとつの問いが湧いた。私たちのマーメイドを、どうすべきなのか？　遺体は当面葬儀場に置かれていて、腐敗を防ぐ手段を専門家たちが自由に探れるようにしてある。委員会は緊急会合において、これほどの重要な発見を町民から隠しておくわけには行かないということで全員意見が一致した。この自然の驚異を、自分の目で見る権利が人々にはある。そして事態は急を要する。すでに不穏な臭いのことが口にされていた。ニューヘイヴンのリサーチラボに属す生物学者たちの一団が、近年開発された、臓器を保存し収縮を防ぐ非ホルムアルデヒド溶液を動脈に注射する方法を提唱した。こうすれば数週間、あるいはそれ以上、マーメイドを展示しておけるという。次は、そうした展示に相応しい場所をめぐって議論が起こった。町の庁舎がいい、と言う者もいれば、図書館がいいと言う者もいたが、スペースの問題は措くとしても、商業や学習の目的で作られた公共施設で半裸の十六歳の女の子を陳列するのはよろしくない、と説得的に訴える論を考え出すのは難しくない。結局展示は、一時的陳列のための小部屋を持っている歴史協会で行なうことになった。海岸に打ち寄せられたマーメイドの遺体なぞ、我が町の歴史を扱う建物とは関係ないという反対の声も上がったが、この町で博物館に一番近いものと言えばやはり歴史協会なのだから、と主張する人の方が多数を占めた。

注文を受けて博物館の陳列台を作る業者を雇い、高さ二メートル半の、強化ガラス製のケースを用意することになった。この中にマーメイドを入れて、澄んだ防腐液に浸ければ、乾燥は避けられるし訪問者が見るのも容易である。設計者はガラスケースの中に、この町の突堤に並ぶ黒い玄武岩によく似た岩をひとつ置き、この上にマーメイドを座らせた。胴はまっすぐ立てて、魚体の部分を岩の上に横たえ、見えないよう隠してあるグリップで留めた。ケースの底からは長い、尖った葉の水生植物が数種類のびていた。

展示は六月二十六日朝九時に始まった。数日のうちに、歴史協会八十四年の歴史の中で最大の反響が生じた。他州のナンバープレートをつけた車が、スズカケノキが日蔭を作る、鎧戸《よろいど》の下りた十八世紀の屋敷と、鋼鉄とガラスで出来た新しいレクリエーション施設の建つ街路に列をなした。母と娘、小生意気な科白《せりふ》を飛ばす男子高校生たち、よそから来たガールスカウトの一団、背の曲がった体を杖で支えている祖父母たちが一時間近く並んで待った末に、ガラスケースに入ったマーメイドと向きあうに至った。ガラスに触れようと手を出す人が跡を絶たないので、ある朝青いビロードのロープが現われ、展示物から五十センチ離れた真鍮の柱二本のあいだに垂らされた。

マーメイドは岩の上に座って、片手を脇へ置き、一方の腕をなかば上げ、前腕は網の上に載せていた。一切れの緑色の網が、岩に打ち込まれた小さな鋼鉄の直立材の上に掛かっていたのである。長い髪が両胸の上に周到に垂らされ、乳首も胸の大半も髪に覆われていたが、やはり隠すといっても限界はあり、こんなものを一般公開すべきではないといった苦情が何件も寄せられた。緑の目は開いていて、唇は人によってはかすかな笑みだと思った表情に閉じられていた。頰骨は高く、内省的な雰囲気が漂っていた。町のアイスクリーム・パーラーにいる地元の女の子であってもおかしくないが、その表情はどこか漠然と異国風で、それがごくわずかに耳が細くなっているからなのか、それとも額が何か違うのか、何とも見きわめがたかった。子供たちは指差しながらヒソヒソ声で話し、年上の少年たちは卑猥なジョークを口にした。まあこのあたりは予想されるところである。誰も予見していなかったのは、彼女が私たちの心の中にその後も長くとどまったことだった。私たちは毎日出かけていき、ガラスケースの前に立って、私たちのマーメイドをじっと見た。彼女は私たちのすぐ右か左か、あるいは少し上を見ていた。私たちには決して見えない場所を見はるかしているかのように。

彼女が私たちの只中に現われてからいくらも経たぬうち、高校の水泳チームの主将リック・ハルジーが、展示ケースのそばに立っていた新聞記者に向かって、このマーメイドの到来はこの町にこれまで起きた最高の出来事だ、彼女を讃えてプールパーティを開くつもりだと述べた。ハルジーの自宅の裏には大きな、地面を掘って作ったプールがあって、夜にチームメートと一緒によくそこで練習するのだという。ハルジーは気さくな若者で交友範囲も広く、パーティには大勢の人々が詰めかけた。女の子たちは上がビキニで、下はスカート状で足首のあたりで締まっている「マーメイド水着」を着て現われた。スパンコールを縫いつけた鱗で胴から下がキラキラ光っている水着も多かった。あとになって、上半身には何も着けず長い髪で胸を隠すだけにしていた女性客も何人かいたという話も出た。パーティは『リスナー』紙の「友人隣人」欄で報じられ、プールサイドのラウンジチェアに寝そべっている笑顔のマーメイド二人のカラー写真が添えられた。アイデアはまたたく間に広がり、町じゅうでマーメイド・パーティが開かれた。地元の裁縫師ダイアナ・バローンは、町でいち早く、足を隠し尾ひれの形に広がっている下半身を娘に創ってやった。これをはいた者は、足先を左右に開いて歩かないといけない。歩行に新たな拘束が加わったせいで、ちまちまと小股で歩くことになり、これが高校、大学の女の子たちのあいだで大流行した。

町の海水浴場に各種のマーメイド水着が現われるまではほんの数日だった。女の子たちがTシャツとジーンズを脱いで、昨シーズンのトライアングルブラとストリングビキニをさらしたかと思いきや、ビーチバッグに手を入れて、キラキラ光る色とりどりの鱗に包まれた、新しい魚の尾ひれ状ボトムを取り出す。地元の店に新しい水着が並び、一番人気はマーメイディーニと称する、ぴっちり肌に貼りつく鱗模様のボトム（ジッパーで開閉可能な尾ひれ付き）と、本物っぽい胸と乳首を両カップにプリントした大胆なビキニトップとの組合わせだった。もっと大胆なのがシェヴー（髪）トップ、またの名をマーメットト、これは裸の胸を隠すための、容易に着脱可能なクリップインのヘアエクステンションが付いている。ビーチ一帯、彼女たちが、私たちの町のマーメイドたちが見えた。ビーチタオルに腹這いになって横たわり、下半身の鱗が陽を浴びてキラキラ光っているマーメイド。突堤の岩の上に座って、長い髪を梳《と》かしているマーメイド。ケラケラ笑うマーメイドを男の子が抱き上げ、くねくねよじれる体を浅い波まで運んでいき、深い方に向けて高々と投げ飛ばす一瞬、彼女たちがそこに、青い空に漂うのが見える。きらめく夏の海娘《シー＝ガール》たち。

世の流行のこうした変化が、私たちの町で見過ごされるはずはない。第一日目から、陳列ケースの中に入った生き物に対して抗議の声が上がった。マーメイドだろうが何だろうが、彼女は人前で淫らに胸をさらしているティーンエイジャーでもあるのだ。一連の新しいスタイルがビーチで爆発的に広まるなか、抗議の声も高まった。曰く、マーメイド水着は、女性が己の胸をさらし男性の窃視者《せっししゃ》を歓喜させる事態を促進する。魚の下半身によって足首を拘束されることで、女性は新しい、挑発的な、ビーチよりも寝室に相応しい歩き方をするようになってしまう。それにまた、足首を束縛するスタイルは、女性たちの動きを不自由にし、コルセットやホブルスカートを想起させる昔に彼女らを引き戻す。一方、新しいコスチュームの擁護者も黙っていなかった。鱗を思わせるボトムは下半身を完全に覆い隠すのであり、この前に流行っていたストリングビキニやTバックよりよっぽど慎み深いではないか。非常にいかがわしいと一部の人々が騒ぐ描かれた胸にしても、近年流行していたあるかないかのトップよりははるかに完全に本物の胸を隠している。さんざん批判されているシェヴー・トップだって、幅は広く厚味もあり、胸が人に見えぬよう——少なくとも女性が水から出ている限りは——しっかり守っている。拘束という点についても、擁護者たちは一歩も譲らなかった。ぴっちりした尾ひれは、遊び心ゆえに、ひたすら楽しいから着ているのであり、時にはちょっぴり粋がる気持ちも交じっている。イデオロギーに凝り固まり、教条にがんじがらめにされた狭量な連中にはそれが理解できないのだ。

非難と反論が町の会合や地元紙上で飛び交うなか、よちよち歩きの子供を連れた若い母親たちが新しいコスチュームを着てビーチに現われるようになった。子供たちはけばけばしい尾ひれ水着を着て車から降りた。やがて年長の女性たちまで、もう少し穏健な、ゆったりしたバージョンを着用するようになった。歩行には問題があるにせよ、これなら有害な太陽光線から下半身を護れるし、時には腰や腿の静脈瘤《じょうみゃくりゅう》や脂肪の蓄積も隠せると歓迎された。

だが、こうした新しいビーチ・ファッションは、いかにも人目を惹くものではあれ、もっとずっと深くまで届いている魔力の、一番表立った徴候でしかなかった。町の海水浴場にマーメイドが一人打ち上げられたことを私たちは知っている。ならば、ほかにもマーメイドがもっとたくさん、このへんにいるという可能性はないだろうか、むしろ大いにありうるのではないか？　彼女の出現が初めて伝えられたときからずっと、新たなマーメイドが目撃されたという報告が日々なされた。どの報告もただちに、入念に調査された。二年生に算数を教える小学校教師マーサ・ロイドが、黄昏どきビーチに敷いた毛布に座っていると、波打ち際からさほど離れていない水の中からマーメイドが出てくるのが見えた。マーメイドはまっすぐ彼女と目を合わせ、それからまた水中に潜っていった。ミセス・ロイドがまず思ったのは、この若きマーメイドが陳列ケースのマーメイドに異様なほど似ていることだった。顔はこっちの方が年上だが、頬骨と眉は見るからに覚えがあったし、あれはきっとあの女の子の母親だったにちがいないと思えた。次の日の夜、二人の目撃者が、突堤の一番外れの岩の上にマーメイドが座っているのを見たと報告した。月光の下、わずかにうなだれた頭部と、黒光りする鱗が彼らには見えた。もっと異様な目撃もあった。黄昏どきに公園のアヒル池の中に建つ円形建物《ロトンダ》の縁に座るマーメイド、裏庭のトウヒの木の下にいるマーメイド。元建設請負業者ジョゼフ・アーンストはある夜自宅の寝室でマーメイドを見たが、近づいていくと消えてしまった。八歳のジェニー・ウィーラーはバスタブの向こう端から子供のマーメイドが出てくるのを見て悲鳴を上げバブルバスから逃げ出したが、母親と一緒に浴室へ戻ってみるとマー＝チャイルドはもういなかった。

マーメイド目撃報告の真偽を確かめるためと、残った痕跡をより正確に記録するために市民有志の会が作られ、〈夜のウォッチャー〉との名で知られるようになった。ウェートレス、庭師から医師、金融アドバイザーまで多岐にわたるメンバーたちは、マーメイドが目撃された場所を訪ねることと、夜どおしビーチをパトロールすることの両方に時間を割いた。首に双眼鏡を下げ、ノートとボールペンを持ち歩く彼らは、海辺を歩き、突堤のはるか先に座り、救助員用の高い椅子にのぼって海峡の水面を見張った。公営のビーチと、隣接した個人のビーチから、長い髪、魚の鱗、割れた鏡、バレッタ、櫛の破片、骨のかけら等々を彼らは集めて歴史協会に提出し、協会がそれらをラボに送って検査させた。結局どれも、ごく普通に海岸で見つかるガラクタと鑑定され、唯一骨のかけら二つだけは猫の死体の一部だった。〈ウォッチャー〉の中の一グループは、水際に迷い出てくるマーメイドを捕らえようと、二、三百メートル沖に出たあたりの水面に網を張る任を買って出た。

信じる気持ち、疑う気持ちを等しく生み出した一連の目撃に加えて、より捉えどころのないたぐいの報告もなされた。これらは異国的な花の香りのように、空中を漂ってくる単なる噂話にすぎなかった。たとえば、私たちのマーメイドの目をじっと見ていると、そこにないものが見えてくるという話。あるいは、ガラスの陳列ケースの前で何時間も過ごした大学三年生リッチー・ゴーラムが、ある夜家を出てビーチにさまよい出ていった話。突堤の先端にマーメイドが見えて、マーメイドに誘われたゴーラムは岩の並ぶ方に出ていき、そのまま海峡の只中まで入っていって、マーメイドに引きずり下ろされて海中の岩屋に連れていかれた。翌日ゴーラムは、町の北側の森でうつ伏せに倒れているところを発見され、すさまじい偏頭痛に苦しみ、昨日の昼のことも夜のこともいっさい思い出せなかった。また、黄昏の光がいまにも消え入るかという時間に一人で泳いでいたある女性は、マーメイドが泳いで寄ってきて彼女を連れ去ろうとしたと述べた。女性は激しく抵抗し、何とか浜辺に逃げたが、片方の前腕に沿って血のにじむ引っかき傷が残っていた。ビーチのそばに住んでいる人々は夜にマーメイドが歌っているのが聞こえると報告し、それは甲高い、心に取り憑く、ひどく悲しげな、およそこの世のものとは思えないメロディだと述べた。その歌声を聞いた者は落着かない、切ない思いが胸に満ち、重たい、疲れた恍惚に浸されるというのだった。ある一人の青年は、夜にマーメイドを一目見て、焦がれる想いに包まれ、そのまま寝込んで何日も食べなかった。関節は痛み、心は重く、ため息やささやきが絶えず聞こえてきた。時おり、若い娘や大人の女性が取り憑かれることもあった。憑かれた者は、真夜中にマーメイドが呼ぶ声を聞いて、寝床を出て、水際まで歩いていって、小さな波が足下に寄せてくるなか長いこと海を見ていた。

その夏に起きたさまざまな出来事の中でもとりわけ異様だったのが、メラニー・ローテンバックの一件だった。話の一部に関しては、我々の方で再構築することを余儀なくされた。メラニーは十六歳で、秋にはウィリアム・ウォレン高校の最終学年が始まる。物静かで黒髪、やや小柄でやや内気、何となくむすっとしたような顔付きだが、誰かが話しかけたとたん、さも嬉しそうにその表情がほころんだ。いつも緊張した様子で、どこか用心深げで、人にはねつけられることを覚悟しているかのように見えた（実際にはねつけられたりすることはまったくないのだが）。ジーンズをはき、ぴっちりしたストレッチトップごしにブラがちらりと垣間見え、ブラの滑らかな白いカップは小さな胸を押しつけて隠すのが目的に思えた。歴史協会の陳列ケースに収まったマーメイドをメラニーは第一日から見に行った。緑の瞳に完璧な髪、完璧な体の女の子をメラニーは長いこと見つめ、女の子も岩の上の定位置から彼女をじっと見て、その視線は彼女を貫き彼女のずっと先まで届いていた。毎日放課後にメラニーは三キロ歩いて歴史協会に通い、ガラスケースに収まった女の子を見つめた。この子は絶対に、ずる賢そうな目をした男の子たちだの、背が高く胸の突き出た、腰を振って歩く、高々と笑って綺麗なお皿みたいにキラキラ光る白い歯を見せる女の子たちだのの視線を浴びながら学校の廊下を歩くなんてことを気にしなくていいのだ。マーメイドが彼女の中に視線を食い込ませ、彼女を理解してくれていることがメラニーには感じとれた。そして彼女もマーメイドを理解し返した。こうした出会いを通して、大いなる安らぎの気持ちが、静かな興奮に彩られた平穏が訪れた。家に帰ると彼女は長いことベッドに腰かけてマーメイドのことを考え、自分の肌に波が寄せてくるのを感じていた。彼女は長いスカートをはいて上半身には何も着けずに鏡の前に立ち、髪を肩の前に引っぱり、紫の傷みたいな乳首の付いたあまりに白すぎる胸に見入った。

彼女の計画はじわじわ育っていった。ある日、マーメイド・ショップでシェヴーのトップを買った。一週間後、もう一度店に行って揃いのボトムも買った。ある夜の午前二時、家を出て二キロの道を歩いてビーチに行った。救命員用の椅子からも遠くないところにある、ひっくり返された手漕ぎボートの陰でシェヴーのトップと尾ひれに着替えた。重たい髪が両の手のように胸の表面に落ちていった。濡れた砂に、低い波が寄せてするする上がってきていた。少しのあいだ彼女はただ立っていたが、やがてまっすぐ水の中に、胸郭の深さまで入っていった。そこで立ち止まり、ふり返らずに泳ぎはじめた。深い、揺れる水に向かってまっすぐ、時に体を横にし、時に腹を下にして泳いだ。両親に宛てた書き置きには、姉妹たちと一緒になりに行きますと書いてあった。自分も姉妹の一人なのであり、みんなが彼女を、はるか沖の方から呼んでいたのだ。いまこうしてみんなの許《もと》へ行くのだ、すべてのまなざしが澄みきっている安らぎに満ちた場所に。翌日メラニーの捜索願いが出された。その夜、隣町の浜辺に遺体が打ち上げられ、はじめは第二のマーメイド到来だと大きな熱狂が生じたものの、やがて真相が明らかになった。

メラニー・ローテンバック事件は、私たちのマーメイドの許を訪れることの危険を思い知らせた。とはいえ、私たちにははじめからわかっていたのではなかったか？　ガラスの要塞の中の岩の上に横たわった裸の女の子、私たちの肩のすぐ向こうにある何かを見やっている別世界からの訪問者、彼女が危険でなかったら何だろう？　実際、メラニーの死は、私たちを立ち止まらせるどころか、むしろますます深い内省へと駆り立てるように思えた。むろん私たちの熱情を嘆き、指を振りトラブルを警告する人々もいたが、総じて私たちは彼らを無視した。マーメイドが私たちをどこへ連れていこうとしているにせよ、手探りで進んでいくしかないことが私たちにはわかっていたのである。

私たちはいまや、マーメイド耽溺のいっそう極端な事例を耳にしはじめた。メインストリートから入った裏通りに新しく出来たタトゥーショップで、女の子たちは明るい白のテーブルに身を横たえ、パンツと下着を脱いで、東京から来た名匠だという小柄な老人の荒々しい視線と鋭い針を浴びながら、長い時間痛みに耐え、下半身の隅から隅まで、臍《へそ》のすぐ下に始まり腿、尻、膝、ふくらはぎ、足首、足の裏全体と下っていく、本物そっくりの、たがいに重なりあう魚の鱗を彫ってもらった。ここまで奇怪だときっと本当だと思うしかない奇怪な性行為の噂も聞こえてきた。狂おしい、絶頂に達することのない交合の話を私たちは聞いた。もはや女性の脚には刺激を感じない、ひょろ長い蜘蛛の脚みたいにしか見えない、と夫やボーイフレンドが言い出して、ことを始める前に下半身をぴっちり包むよう女性に要求するという。一人、新婚まもない、小さな手術から恢復《かいふく》途上にある女性が、美しくなりたいから両脚を縫いあわせてほしい、と外科医に頼み込んだ。

事実、脚は私たちの町の女性たちから消えつつあった。ビーチでは見渡す限りどこもかしこも魚の尾ひれだった。街路でも家の前庭でも、あらゆる年代の女たちが脚も足先もすっぽり隠す長い先細りのスカートをはいていた。どこの界隈でも、寝室ではマーメイド・ランジェリーが大流行だった。何人かの女性は、マーメイドに似ろという男たちの要求に腹を立てながらも、四六時中思い描かずにはいられないあの訪問者との連帯感に衝き動かされもして、独自の見解を表明するに至った。すなわち彼女たちは、男の下半身は魚のそれに劣る、魚体の方がずっと滑らかで力強くしなやかだ、と宣言したのである。男たちはこれに抗ったが、やがて新しい流行を歓迎するようになった。私たちの町のビーチ一帯、そして突堤に並ぶ岩の上にも、新しいマーマンたちが夏の光を浴びてきらめくのを私たちは見た。

こうした時期に、第二のマーメイドが私たちの町の岸辺に打ち上げられた。『リスナー』紙は一部始終を報じた。興奮した声の電話、午前四時の警察の到着、砂と海藻になかば埋もれた遺体、たっぷりした黄色い髪、睫毛の長い青い目、優美な首、インチキの発見。三人の大学生が白状した。空気で膨らます人形をオンラインで注文し、下半身をマーメイドの尾ひれで包んで、午前三時半、浜辺になかば埋めていったのである。

このペテンに私たちは激怒したが、同時にどこかワクワクさせられもした。このインチキによって、私たちの満たされぬ渇望のより深い真実が明かされたように思えたのである。その後数日、新たな目撃が次々と報告された。マーメイドの一群が私たちの海に、突堤のすぐ向こうに棲みついたとの報告があった。ビーチから三メートルと離れていない波の下で彼女たちが泳いでいる姿が見られた。噂が花開くとともに、子供たちは緑の大洋の夢から目覚め、もっと別の何かが待っているのだと私たちは感じた――私たちには欠けているもので私たちを満たしてくれる何かが。

一方、陳列ケースの中で、私たちのマーメイドは変わりはじめていた。肌に斑《まだら》が現われ、鱗の色がくすんできた。魚の腹の白さがかすかに黄色くなった。髪までいくぶん違ってきたように見え、前ほど艶も張りもなくなったように見えた。瞼が片方垂れ下がってきた。眼差しもうつろになった。みんなであまりに何度も見たものだから、視線の烈しさによってすり減ってきたのだろうか、と私たちは考えた。彼女を浸している液体すら、以前より曇ってきたように見えた。彼女の日々が残り少ないことを私たちは悟った。

彼女が私たちの許を去ろうとしていると感じたからか、それとも自分たちが何らかの意味で彼女を裏切ったと知っていたのか、とにかく夏が終わりに近づくにつれ、あたかももう手遅れだとわかっているかのように、私たちはマーメイドをめぐる夢にどこまでも溺れていった。人間のことはもう飽きあきし、もっと多くを私たちは欲した。大気中に一種の暴力がみなぎるのが感じられた。リンデン・レーンで開かれたダンスパーティで、女子高生のグループが十四歳のミンディ・ネルソンの服を剝ぎとり、その裸の腰、尻、脚を明るい緑色に塗って足首をガムテープで縛り、バタバタ暴れて金切り声を上げる彼女を家から運び出して裏の森に連れていき、浅い小川に投げ込んだ。ヒステリックな叫び声を近所の人が聞きつけた。平屋の一軒家が並ぶ界隈で開かれた大人のマーメイド・パーティで、新種のコスチュームが元で警察に苦情が寄せられた。カーテンも引いていない窓越し、蠟燭を灯しただけの暗い部屋に、魚に似せた鱗状の服で顔から腰までを包み腰から下は完全に裸の男女がいるのが近所の家々から見えたのである。青い夜が続く八月、若い男の子の集団が晩にシャツも着ず静かな住宅地の裏庭をうろつき、二階の寝室の窓を見上げると時おりマーメイドが現われ、窓に座って窓枠から尾ひれを垂らし、部屋の薄暗い赤色の明かりを頼りに髪をゆっくり梳かすのだった。

町の子供たちすらも、町全体を包む落着かなさから逃れられなかった。ノーマン・シュガーマンの七歳の誕生日パーティで、ミセス・シュガーマンが櫛を取りに自分の寝室に上がっていくと、六歳の男の子と女の子が裸でベッドに座っていた。二人とも両脚を黒いナイロン・ストッキングに突っ込んでいた。足先が端まで届かないので、ストッキングの先の方はくねくねと力なく横たわっていた。二人とも瞼は緑色で、頰に紅《べに》を塗り、胸にはあざやかな紅《くれない》色の円で乳房が描かれ、明るい緑の乳首もちゃんと付いていていた。

さまざまな歪み、さまざまな堕落、どれも醜悪と言うほかない。だが、マーメイドたちの季節が終わろうとしていることを心の奥底で知っていた私たち多くにとって、それらは必死の奮闘の表われに思えたのだ。私たちは何を探していたのか？　時おり私たちは、そこにただ座って何もせずにいる私たちのマーメイドにいくぶん苛立ちを覚えた。彼女は私たちに何を求めているのか？　私たちが精一杯頑張っていることが、彼女にはわからないのか？　誇張された噂が、ありえない話がはびこった。どこまで耐えられるかと、私たちが自分でそれらを捏造したのだ。私たちは言った、マーメイドの鱗に触れた人間は盲目になると。私たちは言った、私たちの町の女性たちの何人かはマーメイドであり、人間の姿に変装して、男たちを安全な中流階級の暮らしからおびき出し、海中にある危険と狂気の領域に連れ去ろうとしている、と。私たちの町の妻や娘がひそかにマーメイドを産んだと私たちは語った。マーメイドに選ばれ海中へ連れていかれた者たちは神のごとくになると私たちはささやいた。私たちは自分たちの中に新たなヴィジョンを──つまりは新たなお目出度さを──作り出した。私たちは子供に、見者《けんじゃ》になりたかった。自分が可能と不可能の境界を何とか越えようとあがいているのを私たちは感じた。私たちは信じたかった、マーメイドの時代が間近に迫っているのだと、私たちの生はいまにも永久に変わろうとしているのだと。向こうの世界からやって来たマーメイドから私たちは何かを待っているのだけれど、それが何なのかはわからない……そんな気分だった。

暖かい夏の晩が続く、海の匂いがあたりに漂う時期、夜に私たちが、開いた窓から海の方をじっと見ている姿が見えたことだろう。

不可能な期待に貫かれた、この張りつめた時期、私たちのマーメイドはついに何かを、私たちが彼女を新しい目で見るようになる何かをやってのけた。すなわち、彼女は消えたのだ。ある朝、ガラスケースがなくなっていた。スタンドに掲示が貼られ、歴史協会ではもはや彼女を適切に保存できなくなったと記してあった。彼女がニューヘイヴンの海洋研究所に送られたこと、そこから今度はワシントンDCに送られて科学者チームの調査を受け、その後もさらに研究を続けるべくスミソニアン協会に引き渡されることになったと私たちは知った。その事実が私たちに伝えられ、おそらくはそれが最善なのだとみな同意するさなかにも、そうやって信じる気持ちの中にひとつの懐疑が忍び込んでいった。知りたいことから私たちの気をそらすために言葉が使われている気がした。私たちの目の前にあるのは、ガラスケースのあったところに貼られた掲示だけだった。じきにそれすらなくなった。

失望の只中で、また別の気持ちの存在を、私たちを驚かせはしたけれど実のところ完全な驚きでもない気持ちの存在を私たちは感じとった。それは、気分が軽くなって、ほとんど喜んでいるような気持ちだった。私たちのマーメイドがいなくなったことが、なぜか快いことであるのを私たちは実感した。私たちはひそかに彼女に憤りを感じていたのか？　彼女の不在が、活気に満ちた別れの言葉を私たちから引き出した。マーメイドは夜中に、彼女を海へ連れ戻すことを誓った同類に連れ去られたのだと言う者もいた。彼女の瞼と唇がわずかに動くのに自分は気づいていた、長い眠りの末にマーメイドは徐々に目覚めていったのだ、と主張する者もいた。ガラスを割って自力で海に逃れたのか、未知の勢力に夜中に助けられたのか、それは知りようもない。重要なのは、彼女が人間の手を逃れたということ、本来の居場所に戻ったということだ。消えたことによって、彼女は進歩を遂げたのだ。古びたパーティが終わり、コスチュームが引出しや箱に放り込まれて二度と顧みられなくなり、脚がふたたび現われ胸が隠れ、通常の事態に私たちが戻っていくなか、失われた私たちのマーメイドは海による変化を被る。斑の肌がみずみずしく美しくなり、鱗がピカピカきらめき、黄金の髪が光を捉え、亡命から帰国し玉座に復帰した女王のように、彼女は自身の国でふたたびしかるべき地位に就く。はるか遠い、永遠に届かない、私たちにはよく見えない彼方の世界で。

近日開店

Coming Soon

夏のある土曜の午後、大都市からの難民を自称するレヴィンソンは、メインストリートの行きつけのカフェテラスに座って、アイスカプチーノをちびちび飲みながら周りの眺めを楽しんでいた。正しい選択をしたと確信している人間が感じる満足を、彼もまた虚栄心抜きに感じていた。ここは友人たちが警告したような退屈な田舎ではない。白い尖塔がひとつと、ガソリンスタンドの赤いポンプが二つあるだけの可憐な村などではなく、活きいきと栄えている町なのだ。小粋に着飾って、つば広の麦わら帽をかぶった女たちが、腕をのばせば届くところを澄まし顔で歩いている。カフェの仕切り柵の向こうで、野球帽をかぶった夫たちが片手で乳母車を押しもう一方の手で犬を引っぱり、やたらと大きなサングラスをかけた妻たちがブラウスやバーゲン品のジーンズが詰まった買物袋を提げている情景をレヴィンソンは眺めた。頭に黒いバンダナを巻いて腕に刺青《いれずみ》をした初老のオートバイ乗りたち、花柄のシャツを着てiPhoneで写真を撮っている日本人観光客たち、袖なしTシャツにカーゴパンツをぐっと下げてはき威張って歩くティーンエイジャーの少年たち、一人長い黒い外套を着て高い帽子をかぶった厳めしい正統派《ハシディズム》ユダヤ教徒、歩くたびに髪が揺れぴっちり短いショーツとウェッジヒールのサンダルをはいてキャッキャッと笑っている女の子たち。

商店や建物までが動いて、呼吸して、彼が見まもる前で形を変えているように思えた。通りの向かい側、黄色い立入禁止テープの奥で二人の男がガラス窓を持ち上げ、レストラン〈マンジャルディ〉の改装した表の壁にはめ込もうとしていた。さらに道の先、木の板で仕切られた歩道の一画で、安全帽をかぶった作業員たちがヴァンダーハイデン・ホテルの煉瓦造りの前面《ファサード》に鉄梃《かなてこ》を叩きつけている。さらにもっと先、商店やレストランが終わって繁華街が自動車パーツ店やモーテルにとって代わられ、赤色のクレーンがI型鋼を空高く、取り壊されたショッピングセンターの敷地に新たに建設している三層の駐車場の方に向けてゆっくり動かしていた。

レヴィンソンがここへ越してきたのは一年近く前、勤務しているコンサルティング会社が州北部に支社を開いたときのことである。この決断を、彼は一度も後悔していない。都会はもう見込みなしだ。交通渋滞、不潔な地下鉄、衰退していくあちこちの地域と崩壊しかけた建物。未来は小都市に、きちんと管理された町にある。枝が頭上で重なりあうカエデの木が並ぶ静かな通りの、木蔭に建つ家の頭金をレヴィンソンは支払った。だが、都市に別れを告げたのは、深々と座り両手を腹に載せてのうのうと暮らすためではなかった。相変わらずよく働き、会社に六時、七時まで残ることも多かった。週末には芝を刈り、窓枠のすきまをふさぎ、雨樋の詰まりを取り除き、道路からガレージまでの道筋をシャベルで掃除した。つきあっている女性は二人いたが、どちらもディナーと映画どまりで、理想の人が現われるのを待っていた。人づきあいもまっとうにこなして、近所の人たちともうまくやっていた。レヴィンソンは四十二歳だった。

週末や平日の晩、空いた時間はいつも、町のあちこちの通りを探索するのが一番楽しかった。メインストリートはいつも活気があったが、エネルギーを感じる場所はそこだけではない。住宅地でも家々は新しい屋根を見せびらかし、ポーチを改築し、もっと大きな窓、もっとお洒落なドアを据えた。町はずれのあちこちで、何もなかった敷地に医療施設、スーパーマーケット、ファミリーレストランが花開いた。町を訪れるようになって何度目かに、キイチゴの灌木が広がり澱んだ小川がある野原が華やかなショッピングプラザに変わるのを彼は見ていたし――軒先に日除けシェードを張った店舗が並び、向かいの駐車場には植木や花壇が随所に配されている――引越してきてまもなくは、町の西側の林の木が伐られて、紫色の葉をつけたノルウェーカエデが両側に植わったなだらかな通りに変容し石と板で出来た家が並ぶ地域となっていくのを日々見守った。この町ではいつも何か新しいものが、予想もしていなかったものが見つかる。都会に住む、揃いも揃って疑い深く尊大な友人たちは、小都市暮らしの停滞だの、田舎住まいが招く鬱だのと好き勝手に言うが、それでも週末になれば訪ねてきて、ここの活力に驚いているようだった。夏の人混み、公園のメリーゴーラウンド、盛況のファーマーズマーケット。舗道や四つ角、空き地や柵で囲った原っぱ、どこを見ても人が働き機械が駆動していて、ホイールローダーが土をすくい上げてダンプカーに積み込み、油圧ショベルは端がぎざぎざのバケットで土を掘り出し、トラックに装着されたクレーンが開き、上昇し、高く高く空へのびていく。

レヴィンソンはレジで金を払い、二十五セント貨を二枚チップ入れの瓶に放り込んでから、カプチーノ後の散策にメインストリートへくり出した。八ブロック分広がるダウンタウンをいまではわが家の裏庭のようによく知っていたが、それでもいつも、何かしら不意をつかれるものに出くわしていた。テイクアウトの中華料理店ではテーブルが隅っこに追いやられ、パワードリルを持った男が壁に穴をあけていて、ウィンドウに掛かった掲示が新しいベトナムレストランの開店を告げていた。そばのビルのファサードにそって組まれた足場に設けられた作業壇の上から、安全帽をかぶった男たちが、アパートメントのバルコニーに優美な曲線を描く持送りを取りつけている。インドレストランにとって代わった新しいアジアンビストロには、花崗岩の階段を通って行く小洒落たテラスが加わった。梯子《はしご》にのぼった男二人が深緑色のシェードを店先に設置していた。

半ブロック先で、歩道がかなり長い区間、オレンジ色のネットフェンスで仕切られ、レヴィンソンはコンクリートブロックに縁どられた狭い部分を歩くことを強いられた。フェンスの向こうには高所作業車と、ライムグリーンのベストを着て白い安全帽をかぶった作業員数人、煉瓦と材木の山、安全ゴーグルを着けてX字状アームで昇降するリフトの上に立ったTシャツの男、てっぺんの穴に小さなアメリカ国旗を挿したオレンジ色のセイフティコーン一個が見えた。

もう一ブロック行ってから、左に曲がってウェストブロードに入り、気に入っているスポットのひとつまで歩いていった。メープルウッドの角の、柵で仕切った建設現場である。かつては小さな百貨店の駐車場だった土地に、一階は小売店が入るアパートメントビルの基礎を掘っている最中なのだ。山木の柵の開いた出入口ごしに、赤っぽい土、コンクリートミキサーの青い運転台と銀色のドラム、山積みされたミントグリーンのプラスチック製排水管が見えた。黄色い掘削機《くっさくき》が土と瓦礫《がれき》をすくい上げ、すでに一杯荷を積んだダンプカーの中に下ろすと、ダンプカーはすぐさま道路に通じる斜面を走り出す。そういった情景をレヴィンソンは上機嫌で眺めた。

自ら選んだこの町でひとつ好きなのは、日々の進化をたどり、その変化を追い、すべての細部に注意を払っても、大都市とは違って頭が割れそうな気分にはならないことだった。眠たげな村は彼にとって何の魅力もない。ハイテク産業が町に来るので一等地の入札競争がくり広げられ、高級コンドミニアムが建設途上だと不動産業者から聞かされてレヴィンソンは興味をそそられた。住宅市場も上向きだという。最近はいつにも増して好況の様子で、商店やレストランのオーナーが次々変わり、高級アパートメントが次々出現し、古いビルが崩れ去った。低木や雑草の塊がブルドーザーの刃にかかって、茶色い土の雲が舞い上がった。

メインストリートを横断して、自分の住む地域に戻りはじめると、二ブロック続くバーやレストランの中にダウンタウンが吸い込まれていって、あたかも突然、街路に木々が並び鎧戸《よろいど》と玄関ポーチのある二階建て住宅が続く世界に移行したような感触をいままたレヴィンソンは覚えた。一瞬のあいだ、より静かな、別の町にやって来たような気がした。そうした印象はじき、もっとくっきりした感覚にとって代わられる——梯子にのぼって家の壁にペンキをぺたぺた塗っている男、屋根に上がって新しい屋根窓のたるきを据えている職人たち、そしてどの庭でも人々は灌木を植え、樹木を刈り込み、窓枠からペンキを剝がし、配送係がカウチ、冷蔵庫、ダイニングルームテーブルを運んで玄関前の私道を進み階段をのぼって来るなかいそいそと飛んできてドアを開ける。

自分の家のある一画に着いたレヴィンソンは、幅広い玄関ポーチに置いた枝編み細工の長椅子に座っている老いたミセス・ブライアーに手を振った。「いい感じですねえ」とレヴィンソンは、ウォールナット染料が艶々光る新しいポーチの天井と、ペンキ塗り立ての柱とを指さしながら言った。相手は顔をほころばせ、満面の娘っぽい笑顔を歯は見せずに広げた。まだタールの匂いの残る出来立ての車寄せの前をレヴィンソンは過ぎ、つい一週間前はコンクリートの四角い土地だったところにある赤い敷石の歩道を立ちどまって眺め、まばゆいピンクのヘルメットをかぶって補助輪つき自転車に乗った近所の女の子が通れるよう脇にのいてやってから、自宅前の階段をのぼって、ポーチの丸い鉄製テーブルのかたわらに並ぶ、クッションを敷いた椅子二脚の一方にどかっと座り込んだ。

暖かい日蔭で、レヴィンソンはなかば目を閉じた。明日の日曜は飛行機に乗ってマイアミへ行き、妹や甥っ子たちと二週間過ごし、ケアホームにいる母親を訪ねる。家族に会いにしばらく町を離れるのは悪くない。場所が気に入ると、戻ってくるのを楽しみに思うから、離れるのも嫌ではないのだ。ここはいまや彼の町、彼の住みかだ。時おり別の、たとえば土木工学とか都市計画とかいった職種を選べばよかったと思うことがある。大きな空間について考え、そこに何を入れるか、どうやって意味ある関係に配置するかといったことを考えるのがレヴィンソンは好きだった。首の筋肉がリラックスしていくのを彼は感じた。うとうと眠りに落ちていくなか、近所から聞こえる音を意識した。スケボーの車輪がかたかた鳴る音、チェーンソーのズズルーン、ズズルーンという響き、ガレージのドアが閉まりかけるゴロゴロこもった響き、わっと沸き上がる笑い声、そしていつも聞こえる手押し草刈り機と乗用芝刈り機、生け垣刈込み機と高圧洗浄機、電動ローンエッジャーと電動剪定ばさみのコーラス、そしてそういった音すべてにも負けず、物事全体の隠れた心臓のごとく、夏の空いっぱいに響く金槌《かなづち》の音。

目を開けると、自分がもはや自宅の玄関ポーチの木蔭で座っていないことに気づいてレヴィンソンは驚いてしまった。どういうわけか彼は、陽ざしの帯が斜めに切り込んだ、黒っぽい洋服ダンスのある部屋のベッドで眠っていたのである。タンスを呆然と見ていると、それがだんだん見慣れたものに見えてきて、なぜそれがそこにあるのかいまにもわかりそうな気がした。何だ、ここは僕の寝室じゃないか。暗がりと窓枠のあいだで陽が輝いている。どうしてこんなことが起きたのか？　レヴィンソンは思い出そうとした。メインストリートを散歩して、玄関ポーチに帰ってきて、マイアミに飛んで、母のもろい手を――そうだ。マイアミから帰ってきて、一週間猛烈なペースで仕事に励み、遅くまで会社に残って、夕食を済ませたとたんベッドに倒れ込む毎日だったのだ。そして今日は土曜、ふだんより寝坊したのである。朝の日課に取りかかる時間だ。朝食、芝刈り、妹、母、サンディエゴにいる弟マレーへの電話、ガレージ掃除。それが済んだら町へ行ってベーグルとアイスカプチーノ。夜は八時に友人数人とディナー。

玄関から道路へ向かう私道に踏み出すと、向かいのマゾウスキー家が大きくなっているのに気づいて彼は驚いた。両横とも、ほとんど隣家《りんか》との境界線ぎりぎりまで広がっている。右へ曲がって町を目ざすと、近所のサンドラー家が白い板張りではなく化粧漆喰《しっくい》づくりになっていた。これもすべて、レヴィンソンが留守にしていたあいだに起きたにちがいない。歩いていると、ほかにもいろんな変化が目にとまった。ジョーゲンソン家には玄関ポーチの上に二階ポーチが出来ていて、何とかという名の男の住まいの前面は以前はレンギョウの茂みがのびていたのにいまは格子戸がついた高い生け垣になっているし、例によってポーチに座ったミセス・ブライアーに手を振ると、彼女のはるか頭上に三階があって、一方の端に八角形の塔がついていた。

どのブロックでも、家々は古い形を逃れ、何か新しいものに変わりかけていた。作りかけのサイドポーチが煉瓦の土台に載っている前をレヴィンソンは過ぎていった。安全帽の作業員たちが、薄茶色の床の上を行き来している。そのそばの家には、レヴィンソンには見覚えのない大きな張出し窓とガレージがあった。ある四つ角では歩道が歩行禁止になっていた。持ち運び式のネットフェンスの向こうで、赤い屋根の小さな白い家が、それを囲むようにして建てられつつあるもっとずっと大きな家の間柱、梁、たるきにすっぽり囲い込まれている。あの元の家はどうなるのか、レヴィンソンは想像してみたが――内側に残るのだろうか、家の中の家として？――そのそばに新しく建った、二階半建て石造りの、ルーフガーデンのあずまやの日蔭に夫婦が座って食事している屋敷に気がそれてしまった。

一度にあまり多くを見てしまうと消耗しかねないので、レヴィンソンは無理して下を向き、見慣れた歩道から目をそらさずに、メインストリートにつながる坂道をのぼっていった。四つ角にたどり着いて顔を上げると、当惑のあまり彼は立ちどまった。巨大な展示ウィンドウの広がる五階建てのデパートが目の前にそびえていたのだ。新聞スタンド〈ジミーズ〉、骨董店〈アンティーク・チョイス〉、そして〈メインストリート・マーケットプレイス〉があった場所にそれは建っている。その新しいビルの隣には、テーブルがぎっしり並んだ奥行きのある中庭があって、人々が座って色の濃いビールを飲んでいた。〈グランド・オープニング〉と書いた看板があった。

どこを向いても新しい店、新しい建物が見えた。広告代理店、モロッコレストラン、ヘアブティック、ジェラートパーラー。屋根つきのアーケードまであって、両側に店舗がずっと先までのびていた。表に高い階段があって柱に縦溝が彫られた古い銀行はまだあったが、これも前より二階分高くなっていて、三週間前までは男性衣料品店とワインショップが占めていた空間に建った新しいビルとガラス張りの通路でつながっていた。銀行の向かいには市庁舎がいまも建っていたが、一方の壁は足場に覆われ、正面の階段はベニヤ板の囲いで隠れていて、その向こうから、ドリルの音とハンマーの音が聞こえた。

いつものアイスカプチーノめざして歩きながら、レヴィンソンはすべてを見てとろうとした。三週間前にテイクアウトの中華にとって代わったベトナムレストランは、いまではお洒落なチョコレート専門店だった。老舗のヴァンダーハイデン・ホテルはルネッサンスの宮殿みたいに見えた。ネイルサロンはスウェーデン家具店だった。そしてレヴィンソン行きつけの、鉄製の手すりがあって縁飾りつきのパラソルを立てた、マイアミであれほど恋しかった土曜の憩いの場たるカフェテラスはドレスショップ〈ルイーズ〉となって、特売のワンピースや絹のスカーフの下がったラックが店先の日除けの下に立っていた。

失望を胸に刻む間もなく、何軒か行った先に新しいカフェテラスがあるのが目に入った。紅色の布が、鉄製の仕切りスタンドにぴんと張られている。じきにレヴィンソンは、パラソル付きテーブルの日蔭に座り、アイスカプチーノを飲みながら事態の把握に努めた。変化はあまりに劇的で、ほとんど信じがたかったが、とはいえ三週間あれば、特にこういう町では、ずいぶん多くのことが起きうる。変化を嘆いて、古い建物をやたらと有難がり、かつての日々を漠然と、しかし恭《うやうや》しく語るたぐいの輩《やから》はレヴィンソンもよく知っている。新しいダウンタウンの風景には仰天したし、若干混乱もしたが──ひょっとしたらこれは玄関ポーチで寝入ってすべてを夢に見ているんじゃないだろうかと思ったほどだ──いまや彼は張りつめた興味とともに通りに目を向けていた。しっかり目覚めて、土曜の午後に町でアイスカプチーノを飲んでいるのであり、解体用鉄球が建物の側面を直撃するたびにひとつの国だか文明だかが終わろうとしているみたいに嘆く連中とは違うのだ。

一休みして元気を取り戻したレヴィンソンは、何ひとつ見のがすまいという気になって、土曜のメインストリート散策に乗り出した。新しい店舗のウィンドウに並んだ品を吟味し、なかば見覚えがある気がするビルの新たに作り直されたファサードを観察した。宝石店と葉巻店があったはずのところにある〈エクスクィジコ・エンタープライズ〉なるオフィスの花崗岩の階段と間口の広いガラス扉の前を通った。メインストリートの終わりまで来るとウェストブロードに折れて、いつもの建築現場の進み具合を見ようとメープルウッドの角まで歩いていった。

それはもはやそこになかった。メープルウッドの端から端まで、両側とも五階建て煉瓦造りの高級アパートメントが建ち、広々としたバルコニーが、観賞用のナシの木で蔭を作った新しい店舗が並ぶ上にそびえている。かつてのこの通りをレヴィンソンは思い出そうとしたが――一部出入りできるように開いている木の柵、事務用品店、ドライクリーニング店〈ネイジェル〉――だんだんわからなくなってきた。ビル一つ二つ忘れている気がする。もともとこの通りはそんなによく知らないのだ。店舗のウィンドウを覗き、花のバスケットを吊した四階のバルコニーでランチを食べている家族を見上げながら新しいメープルウッドを歩いていった。ビルとビルのすきまから広い中庭が垣間見えて、白い顔に涙を絵具で描いたピエロが、風船を手に持って座った子供たちの輪に囲まれて皿投げの芸をやっていた。

隣の通りまで来て、左へ曲がってメインストリートに戻った。さっきの新しい、紅の布で仕切ったカフェテラスがよく見えた。その隣で作業員たちが〈近日開店〉と書いた看板の下で、煉瓦を石と取り替えていた。メインストリートを横断しながら、居並ぶ店がもはや同じではなくまたすべてが変わってしまったのだという混乱した感覚にレヴィンソンは陥ったが、いやいやこれは自分の思い違いだ、午後の蒸し暑さで気が高ぶったせいだと考えた。

疲れたので、家に向かうことにした。自分の家がある区域の端の並木道まで来ると、どこかで角を曲がりちがえたことをレヴィンソンは悟った。何しろ通りかかるどの家も、ぼんやり見覚えはある気がするもののやっぱり見たことがないのだ。でももしかしたらここは自分が知っている通りであって、家々にみな新しい屋根付き通路や切妻やポーチや建て増しが加わっただけかもしれない。あるいは古い家がみな壊されて新しい家が建ったとか。

さして行かないうちに、オレンジと白の縞模様の樽形のセイフティコーンが並んでいて行く手をさえぎっていた。樽の向こうの庭で何かをやっている様子で、人々が立って見物していた。どうやら芝生でつながった二軒の家のあいだで、ダンプカーにつながったアスファルトフィニッシャーが新しい通りにアスファルトを敷いている最中らしく、どちらの側も芝生はもうごく細い幅しか残りそうもなかった。レヴィンソンは引き返した。別の通りを見つけて、見覚えがあると思えるポーチを目にとめたが、もはや確信はなかった。右に曲がって、壁がピンク色の断熱材に包まれた建築中の家の前を過ぎ、木挽き台《こび》が一列に並んで道路をさえぎっているところに出た。レヴィンソンは別の通りに曲がっていった。どこかの家のポーチから誰かが手を振った。レヴィンソンの家と同じ通りの、一ブロック離れたところに住んでいるミセス・ギロンだった。

暑さにレヴィンソンは消耗しきっていた。こめかみがずきずき疼《うず》き、腕が汗で光った。見慣れた木の枝の下で、知らない家の表側が日を浴びてゆらめいた。どこかの家の庭に自転車用ヘルメットが、ぱっくり開けた口みたいに横向きに転がっていた。突然、自分の家が目の前にそびえていた。レヴィンソンは鉄の手すりにつかまり、這い上がるようにしてポーチにのぼった。一方の椅子にへなへなと座り込んだ。頭が熱かった。通りの向かい、前庭の芝生に大きな掘削機が置かれ、マゾウスキー家の半分をさえぎっていた。蒸し暑い日蔭でレヴィンソンは目を閉じた。

目を開けると、小雨が降っていた。鼠色の空の下で、どの家もポーチに明かりが灯り、窓がほのかに黄色く光った。自宅前の歩道と車道のあいだの芝生の帯に、木挽き台がひとつ、セイフティコーン一個と並べて置いてあった。それらが自宅の玄関に向かってじわじわ迫ってくるさまをレヴィンソンは想像した。薄暗い空気のなか、向かいの家並を見ていると、子供のころ両親と一緒にアリゾナだかニューメキシコだかに行った旅行のことを思い出した。ホテルの部屋の窓から、幼いレヴィンソンは、奇妙な煙突と見せかけのドアがある、どこかおかしいように見える家並を不安な思いで眺めたものだった。レヴィンソンは身をこわばらせた——ディナー。もう七時二十五分だ。シャワーを浴びている暇はない。タオルで体を拭いて着替えるので精一杯だ。

十分後、自宅の玄関から外へ出たとき、雨はもう止んでいた。青白い空が物々しい雲のあいだから覗いていた。街灯もすでに灯っている。自宅前の芝生に、キラキラ光るスチールのパイプが一本転がっていた。通りの向かいでは歩道と車道の境に金網フェンスが張られ、庭と掘削機を囲んでいた。夕空を背景に黒っぽく見える三人の男が、マゾウスキー家の屋根の上に立っていた。サンドラー家の横に、さっきは気づかなかった二階分の足場が出来ていた。安全帽をかぶった男が一人その脇に立ち、両の握りこぶしを腰にあててレヴィンソンの方を見ていた。

車をバックで道路に出し、メインストリートの方へ向かった。友人たちと会うレストランは町の反対側、新しいモールのそばにあるのだ。

二つ目の四つ角まで行ったところで、通りは閉鎖されていた。安全帽の作業員たちが削岩機《ジャックハンマー》に体重をかけて立ち、道路の表面を剝がしていた。レヴィンソンは右に曲がった。通りを半分くらい行ったところで、前のバンパーにセイフティコーンを二つ載せた大型トラックが道をふさいでいた。上着にオレンジ色のラインが入った男が手を振り、右へ曲がって家々の裏庭のあいだにのびている細道を行くようレヴィンソンに指示した。細道の終わりまで行って曲がり、通りに出たが、自宅から遠いはずはないのにそこは見覚えがないように思えた。太陽は家々の屋根の下に沈んでしまっていた。暮れゆく空を背景に、クレーンがどこかの屋根に何かを下ろしていた。

次の角でふたたび曲がったが、もはや自分がメインストリートに近づきつつあるのか離れつつあるのかも定かでなかった。家をぐるりと囲むポーチで大勢の人々がにぎやかに笑っている大きな家の前を通った。誰かが、あたかもレヴィンソンに向けたかのようにグラスを持ち上げた。ナトリウム灯のオレンジ色のほのめきのなか、町の中心へ行ける道をレヴィンソンはなおも探したが、気がつくとそこは見知らぬ界隈で、建築中の住宅が並んでいる風景もやがて終わって暗い野原が現われた。金網フェンスの向こうでタワークレーンがそびえ、そのかたわらに、鉄骨が作る巨大な枠があった。

レヴィンソンは回れ右して、もと来た方へ戻っていった。七時五十五分。玄関ポーチのある二階建ての家が並ぶ通りに出た。自分の家がある通りのように見えたが、はっきりとは決めがたかった。四つ角まで来ると、帽子に照明をつけた作業員たちがどこかの家の前庭を掘っていた。レヴィンソンは車の窓を下ろした。「メインストリートはどう行くんですか？」と彼は叫んだ。「あっちだよ！」と作業員たちの一人が声を上げ、左へ行くよう手を振った。レヴィンソンは左に曲がった。チカチカ点滅する街灯の光で、すでに屋根の骨組みが入った建てかけの家が見えた。隣の庭の闇のなかに、床下の横木に覆われた薄暗い土台をレヴィンソンは見てとった。通りが終わりになった。あとは舗装もされていない小道が、林とおぼしきところにつながっている。一本の木に立てかけた金属の看板に〈工事中〉と書いてあった。レヴィンソンが小道へ車を進めると、木の枝が車の側面をガサガサ鋭くこすった。小道は広がり、上り坂になっていった。ガードレールが現われた。車はいまや傾斜路《ランプ》に入っていた。そして突然、ルビー色のテールライトが彼方へ次々疾走していく六車線の高速道路に出た。分離帯の向こう側で、黄色いヘッドライトが次々こっちへ流れてくる。青黒い空の下、レヴィンソンは二番目のレーンに入り、見覚えのない名前と出口番号が書かれた看板の下を過ぎて、夜の中へ走り去った。

場所

The Place

1

その場所は場所《ザ・プレイス》という名で通っていた。子供だった私たちでさえ、そういう名前が何か変だということはわかった。ジョアンズ・ダイナー、インディアン・レイク、サウス・メインストリートのパレス・シネマ、どれも取っかかりというものがあるが、これにはそれがない。誰が名づけたか知らないが、あまりちゃんと考えなかったのか、決心がつかなかったのか。もっと大きくなると、その名前が間違っていることこそ、それの正しいところだと思うようになった。何でも物を入れられる空っぽの部屋のようなものだ。さらにあとになると、その名のことを私たちはもはやまったく考えなくなった。夏や夜と同じで、いまある世界の一部なのだ。

2

そこへ行くのは容易だ。北へ、町外れの丘めざして進めばいい。近づいてくると、家々もまばらになり、代わりに自動車販売店、退職者コミュニティ、屋内モールとその隣の屋外ショッピングプラザが現われ、やがて野原と森の広がる地帯に達する。森を抜けると丘が始まる。まず短い坂道を車で登れるが、あとは舗装されたところに車を駐めて歩いていかないといけない。舗装された場から山道が五、六本出ていて、くねくね曲がって頂上までのびている。たいていの人は上まで行くのに二、三十分しかかからないが、道端のあちこちに置いてある木のベンチでのんびり休んでいく人もいる。歩くのが嫌なら、一番太い道の起点から頂上近くまでミニバスが出ていて、三十分に一本、平日は九時から五時、週末は十時から六時まで走っている。十一月一日から三月一日までは天候不適ということですべて運休となる。**場所**ではラジオ、携帯電話は厳禁だが、残念がる人は一人もいないように見える。隣の隣の町のインディアン・レイクのほとりやバローズ・パークのピクニック場に行くのとはわけが違うのだ。そういうことのためにここへ来るのではない。

3

六つか七つのとき、初めてここへ来たときのことを覚えている。母と手をつないだ自分が、膝の高さまで草の生えた野原が両側に広がる坂道を歩いているのが見える。太陽が両腕を温めるのがわかった。空がますます広くなっていき、なんだかいままで空を覆っていたものを脇へ押しやっているような気がした。覚えのある興奮を私は感じていた。木馬が銀の柱を上下し、ピンクの綿菓子が紙のコーンの上で揺れる遊園地へ行く途中や、川べりの野原で上演される夏のサーカスへ行く途中に訪れる興奮。**場所**も乗り物がいろいろある公園なんだろうか、それとも剣を売るお店のあるお城なんだろうか。「さあ着いたわよ」と母は山道の終わりまで来たところで言った。自分がじっと立って、首を右から左へと回し、絶望にも似た気分で、ここ、何もないじゃないか、と思ったことを覚えている。もうひとつ覚えているのは、母の顔に生じた変化だ。あのころ、母の注意はいつも全面的に私に向けられていた。離れているときでも、母が私のことを考えてくれていて、私のことを心配し、私が存在することを喜んでくれているのがわかった。でもここに、**場所**に来ると、何かが違っていた。べつに私の手を放したからではない。安全だとわかっていれば、母はよく私の手を放したのだ。そうではなく、母がなぜか、私と一緒にいなかったということだ。きっと何かを見ているんだと思ったが、その眼差しを追おうとしてみると、母がまったく何も見ていないことがわかった。やがて母が私を引き寄せ、はるか下の小さな町を指さすと、私はぞんざいにチラッと見ただけで顔をそむけた。しばらくすると、草に埋もれた一個の石を私は蹴りはじめた。

4

時に、ある気分が訪れる。夏の土曜日の午後に、歩道を歩いている。楓《カエデ》や古い楢《ナラ》が作る木漏れ日の下を抜け、近所の家々の見慣れた庭やポーチの前を過ぎていく。ミセス・ウィトウスキーがタチアオイの茂みのかたわらでクッションに膝を載せ、雑草取りを土に突き刺している。アンダーソン家の息子がホンダの後部から地下室用窓ガラス二枚を持ち上げている。家の基部のコンクリートに木枠で囲まれた四角い穴があって、そこにガラスをはめ込む。枠の両端に蝶ナットが見える。これを回して枠を固定するのだ。あちこちの家に芝刈り機が出ていて、温かい空気は刈られた草、ライラック、乾いていないタールの匂いがする。両腕に当たる陽が快い。突然、その気分が訪れる。落着かなさ、というのとも少し違う。ナイフの傷のようにくっきりした、間違いようのない、どこかここではないところにいたいという気分。街路に圧迫され、ぎゅうぎゅう押され、息もできなくなっている。この気分に促されて家に戻り、車に乗り込んで、**場所**へ向かうのだ。

5

そこに何があるのか、言葉で表わすのは難しい。バローズ・パークや、サウスサイドのレクリエーション・フィールドとは違って、**場所**には境界線もない。まあ一応、丘の頂《いただき》にあるとは言えて、丘は頂まで来るとおおむね平たく広がっていて、それ自体の起伏を具《そな》えた台地と見られなくもない。頂がどこで始まりどこで終わるのか、正確には決めがたい。頂からは四方を遠くまで見渡せる。一方のふもとには森と野原が見え、その先は退職者コミュニティに並ぶ赤い屋根の小さな建物、田舎道、そのさらに先に町自体——店舗とちっぽけな車が連なるメインストリート、ヴァンビューレン・ホテルの屋根、住宅街、池、公園、何もかもがひどく小さいので驚いてしまう。町の向こう側にはまた別の町がいくつも見え、白い教会から尖塔が突き出た村がひとつあり、くねくね曲がった道路、一筋のハイウェイ、点在する農地、帯のように連なる低い丘が見える。台地の四方、はるか遠い場所が見える。台地自体は草深く、ところどころ岩肌が細長く露出し、野生の花がちらほら咲いていて、楢と松の木立があちこちにあり、ブルーベリーの藪もいくつか見える。そこここに見つかるベンチは、疲れた旅行者のために町が設《しつら》えた、木の細板で出来た古風な造りである。場所で何より人目を惹くのは、十余りの崩れかけた石壁である。およそ腰の高さで、台地の草の上、六メートルから十メートルくらい、いろんな方向にのびている。歴史協会が言うには、元は私有地の境界を印す壁で、十七世紀後半から十八世紀前半にかけて農場主たちが建てたものだそうだが、台地でかつては作物が育てられていたのか、建物は建っていたのかについては意見が分かれている。ある歴史家は、これは農場の壁などではなく十六世紀なかばまで遡《さかのぼ》るアメリカ原住民居住地の遺跡だと主張する。低い壁沿いを歩くこともできるし、その上に腰かけることも無視することも自由だ。時おりカマキリ、野鼠、アカオノスリなどが見られる。台地の端は急激に下るのではなく、四方ともなだらかな坂になっていて、すでに言ったとおりどこで何が始まり終わるのかは決めがたい。場所の見かけをこうやって言葉で説明しようと企てたわけだが、その企て自体、我ながらうさん臭い。結局のところ、大事なのは場所がどう見えるかではなく、場所にいる自分に何が起きるかなのだ。

6

誰も住まなくなった古い屋敷の周りに物語が集まるように、場所の周りには噂がはびこっている。時には噂があまりにびっしり茂るせいで、それをかき分けて進まないことには場所を見るのも覚束《おぼつか》ない。場所は大霊を祀《まつ》る碑を、誰も知らない部族のはるか昔の分派が建てた場だと唱える人たちがいる。場所には生命を高める力があって、病気を治し、寿命を延ばし、記憶が失われる流れを逆行させると説く者もいる。かと思えば、**場所**にはエネルギースポットがあって、そこに立てば過去の出来事が見えるし死者とも交流できると言い張る連中もいる。私たちの大半はそういう噂を蔑《さげす》み、そんなものは**場所**を安っぽいサイキックパーラーに変えてしまうと切り捨てるが、ある意味で噂もまた**場所**の一部分であることは私たちも理解している。**場所**がそれらを呼び寄せ、それらを生じさせるのだ——黄色いスミレや、棘々しいトウワタの莢《さや》や、モウズイカのひょろ長くごつごつした穂を生むのと同じ確実さで。

7

高校二年の春に私はダン・リヴァーズとよく一緒に過ごすようになった。前年の十二月にコロラドのどこかから私たちの町に越してきたダンは、それまで私がずっと避けてきたタイプだった。ハンサムで、自分に自信があって、身のこなしも滑らかで、女の子の前でも物怖じしない。ダン・リヴァーズは誰からも好かれた。もしかしたら、私がつねに距離を置き、そっけなくしたせいで、かえって向こうの方から近づいてくる気になったのかもしれない。ある日ダンは放課後私と一緒に歩いて家までやって来た。それ以降よく来るようになり、二人でチェスをしたり、本の話をしたりした。陽の当たる裏手のポーチで、ダンは枝編み細工の椅子に座り、私の母親を聞き役にコロラドの小さな町の話をしたり、母の語るローワーイーストサイド（マンハッタン南東部、かつては移民街だった）の話に耳を傾けたりした。居間ではピアノのそばの肘掛け椅子に座り、父と自由意志や真理対応説をめぐって議論した。友情を育《はぐく》もうとする姿勢、自分とは違う気質の人間の核に迫りたいという欲求がダンにはあるようだった。自分たちの野望について、夢について私たちは語りあった。ある土曜の朝、ダンは車でやって来て、場所を見たいと言った。母と一緒に行って以来、私は一度も行っていなかった。私たちは自動車販売店、隣りあって並ぶ退職者ホーム、モールとショッピングプラザの前を通って森に入り、丘の前に出た。木の杭で区切られ舗装された駐車場に車を駐め、カーブを描いた山道を二人で登っていった。両側に野の草がはてしなく茂り、太陽が私の腕を暖めた。母と一緒に歩いたときのことを私は思い出した。母が肩に掛けた革のハンドバッグを、母の顔上半分を覆う帽子の影を思い出した。山道を登りきったところでダンと私は来た方をふり返り、風景を一望した。ずっと向こうの小さな町に、私たちが通っている高校が見え、メインストリートにあるエクィティ・トラスト銀行の屋根、バローズ・パークの隅が見えた。ダン・リヴァーズの方を見てみると、ダンも同じ眺めを見ていたが、彼の中に何か別のものがあるのが感じられた。その何かが、かつて母の顔に生じた変化を私に思い起こさせた。私はその場を離れて、ひとつの石壁の上に腰かけた。暖まった石がジーンズのふくらはぎを押すのが感じられた。しばらくしてから、台地の向こう端まで私は歩いていき、茶色い川、工場の煙突、青い丘の連なりを見渡した。ほかにも何人かがあたりをそぞろ歩いていた。丘の上は静かだった。私はよく喋る方だったが、ここは喋る場所ではない。ダンがそばにやって来て、腰を下ろし、立ち上がり、あたりを歩き回った。一時間後、私たちは車に戻っていった。翌日、ダンは一人で場所に戻っていった。月曜日、彼は家に来なかった。毎日車で場所に出かけるようになり、部活もやめて、パーティにも来なくなって、何かに心を奪われているように見えた。家にはめったに来なくなり、忙しいんだ、と言っていた。

一度か二度、廊下ですれ違うと、一緒にあそこへ行かないかと私を誘った。うん、まあそのうちに、と私は曖昧に答えた。時おり一緒になると、ダンはもう**場所**のことしか話したがらなかったが、と同時に、本当はその話をしたがっていないようにも見えた。頭がすっきりするんだよ、いろんなものが捨てられて、とダンは言った。いろんなものって、と私は訊いた。頭の中のガラクタだよ、と彼は言って、片方の肩だけをすくめるいつもの仕種をやってみせた。彼の中にまた新しく隠されている部分があるのを私は感じた。ダンは自分自身の中に入っていって、ドアを閉め、ブラインドを下ろしたのだ。六月になって、彼が翌七月に一家でテキサス州オースティンに移ることになったと聞いたときも、私としてはもうすでに別れの言葉を交わした気持ちだった。彼がテキサスに向けて発った翌日、私は一人で**場所**へ行くことにした。

8

私たちを見るだけでは意外かもしれないが、私たちの町は夏の訪問客を引き寄せる。特に大都市に住む人たちに人気がある。何もかもから離れるとか、都市生活のプレッシャーをあとにしてのどかでシンプルな暮らし（と彼らが考えるもの）に逃れるとかいった物言いが好きな人たちが、この町を求めるのだ。けれど私たちはまた、周辺の小さな町の住民にも好かれている。この町のアウトドアカフェ、いろんな店やレストラン、ダンスクラブやジャズバーのある賑やかなナイトライフが彼らを惹きつける。夏の訪問者たちは、どの部屋も特定の時代に合わせて調度品を揃えた二つのイン、十九世紀創業の最近改装されたホテル、種々のベッド&ブレックファスト、家族向けモーテルなどに泊まる。月極《つきぎめ》で個人宅を借りる人たちもいる。道の両側に木の連なるダウンタウンには地元資本の小さな店舗や古風なレストランが並び、日蔭には木のベンチが置かれアイスクリームパーラーもあるが、高級ブティックやハイエンドのアパレル店などもちゃんとある。ダウンタウンはみんなに好かれている。バローズ・パークはピクニックテーブルが置かれ、小川が流れ、子供用の運動場もあってつねに人気で、七月には野外コンサートも開かれる。町からさして遠くないところにあるインディアン・レイクでは泳いだり貸しカヌーに乗ったりできるし、近隣の山道を散策することもできる。少し足をのばせば野生生物の保護区域、ゴルフコースがあり、十八世紀の様子を再現した、クラフトショップが並び博物館も出来ている村がある。**場所**も夏の訪問者の目当てのひとつだ。彼らは丘の頂まで登り、あたりをそぞろ歩き、眺めを楽しみ、また降りていく。ふたたび行く人はめったにいない。特に、丘の上ではピクニックが許可されていないと聞くと、また行こうという気も失せるようだ。夏の訪問者たちには時に苛々させられるが、彼らは興味深くもある。自分がいますでにそうである存在以外のものに決してなれない人たちにとって、**場所**はどのように感じられるのだろうか。

9

場所に一人で登っていた日、自分が何を期待していたのかはわからない。たぶん、ダン・リヴァーズを何度もここに引き寄せたものは何なのか、探り出せればとでも思ったのだろう。暑い七月の午前だった。私は場所の上を歩き回り、ここが平たいひとつの面なのではなく、いくつもの小さな坂や傾斜から成っていることに改めて気がついた。たとえ丘の頂にいても、浅い谷間に行きあたることもありうるのだ。地面のうねりに沿ってあちこちに建っている低い壁のかたわらを私は歩き、草に覆われてしまった小径の跡が見える草地を抜け、木の下に座って膝の上に載せた大きなノートに炭でスケッチしている男の前を通った。少ししてから私も、太陽を背にした暖かい日蔭で低い石壁に寄りかかって座り込んだ。少し先にもうひとつ、ところどころ隙間のある石壁があって、遠くの方に青っぽい緑の丘の連なりが見えた。何とものどかだ。でも私はのどかさを求めてここへ来たのではない。何を求めて来たのかはわからなかった。暖かな日蔭にいると眠気が襲ってきた。何しろまだ十七歳で活力に満ちているから眠りに落ちはしなかったが、座ったままじっと動かず、誰が見てもこれは深い眠りに落ちたように見えるだろうなと思った。と、一人の女性が私のいる壁の方に近づいてくるのが見えた。くるぶしまである白いワンピースを着ていて、白い日よけ帽を斜《はす》に深くかぶっている。これといって妙なところはなかったが、服の白さはひどく目立ち、私はしばし、これは白昼夢を見ているのであっていまにも目覚めるのかもしれない、という思いに襲われた。女性は私を見ている様子もないままそばまで来て、帽子の下から私を見下ろし、壁伝いに歩いていって、私がついて来ることを予期しているかのように一瞬こっちをふり返った。私は迷わず立ち上がり、彼女のうしろを歩き出したが、実はまだあそこの暖かい日蔭に片手を草の上に置いて座り込んでいるんだという気がしていた。女性はじきに壁の果てに達した。それから、地面に出来た裂け目を下っていった。私もあとについて粗い石造りの、時おり向きが変わる階段を降りていった。階段が終わるとそこは狭い、天井の高い通路で、両側にドアがあった。白いワンピースの女性は、通路をすたすたと、奥にもうひとつある閉じたドアの方に向かって歩いていった。ドアを開けて中に消える前に一瞬、彼女は私の方をふり返った。開いたドアを私も通って、部屋だか広間だか、光に震える巨大な空間に入っていった。両側にものすごく高い窓があって、まぶしい光が注ぎ込んでいる。広間には長いテーブルがたくさんあり、人々が座っていて、顔も腕も、あたかも内側から光を発しているかのようにキラキラ輝いていた。厳めしい、だが穏やかな様子の、白いローブを着た男性が私をひとつのテーブルに通してくれた。男性のあとについて歩きながら、とにかくおそろしく眩《まぶ》しいのでほとんど何も見てとれなかった。と、テーブルの反対側に、光にゆらめくダン・リヴァーズの姿が見えるように思えた。別の場所には私の母親が頬杖をついて座っていた。男性は私を、背もたれの高い、空いている椅子に案内してくれたが、すごく高い椅子なので上がるのに一苦労だった。男性は私の目の前に、開いた本を一冊置いたが、このページがまたおそろしく大きく、端まで手を届かせてめくることができるのか怪しい気がした。白い部屋、燃えるように眩しい窓、開いた本、すべてが私の胸を、一種のどかな興奮で満たした。自分が探していたとは知らなかった場所を探し当てたような気持ちだった。すべてを説き明かしてくれる言葉が書かれた白い本の上にかがみ込むと、静かな気分が、内なる落着きが訪れた。何かを解き放ったような思いがし、体が少しずつ前に傾いていって、額がページに押しつけられると、何かが放されるのが、溶けていくのが感じられ、私は向こう側へ抜けていき、頭の奥に硬いものが固まりかけていて、気がつけば暖かい日蔭で石壁に寄りかかって座っていた。私はただちに目を閉じ、白いワンピース、階段、明るい部屋をもう一度捉えようとしたが、閉じた瞼の向こうでは陽光の点が躍っているだけだった。私は立ち上がった。何か重たいものが流し去られたかのような、新たな軽さが感じられた。これは夢だった、気だるい夏の日に訪れた眠たい陽の幻だったということになるのだろうが、でもそれはあの頂から私の許《もと》へやって来たのであり、私一人のものなのだ。その日一日、**場所**の隅々まで歩いて、白いワンピースを探して過ごした。そんなものが存在しないことはわかっていたが、**場所**が何らかのやり方でそれを呼び寄せたのだということもわかった。**場所**はいまや私を捉えていた。私は**場所**に囚われていた。立ち去る前に、壁の端を、階段などないとわかっているところを入念に調べた。埃っぽい草が茂る中に石ころがいくつかあって、黄色い野の花が一輪咲き、重たげな蜂が一匹、クローバーの花の上に浮かんでいるだけだった。

10

私たちは彼らを「半端クライマー」と呼ぶ。登りはじめたはいいが、道端に置かれた木のベンチや、休息を誘う小さな空間に惹かれて途中で止まってしまう人々である。彼らは腰を下ろし、風景を楽しみ、服の中に隠したエナジードリンクの小瓶を取り出したりする。時には陽なたにタオルを広げ、横になって目を閉じる。あるいは新聞を読んだり、子供たちが小川を歩いて渡るのを眺めたりする。しばらくするともう少し登って別のベンチ、別の空間、よりよい眺めのところまで行く。だが決して頂上までは行かず、つねにどこかで、もうこれで十分だと決め、車に戻って家に帰る。半端クライマーに関する私たちの疑問はこれだ——そもそも彼らはなぜ来るのか？　まあたしかに途中の眺めは見事であり、晴れた日には私たちのミニチュアの町の建物がたくさん見分けられるし遠くに点在する村や丘も見はるかせる。とはいえ、上方それほど遠くないところには**場所**そのものが、ここへ来るそもそもの理由があるのだ。**場所**がそこに、山道を登りきったところにあることを半端クライマーたちは知っている。なぜ止まるのか？　**場所**へ向かって移動しつつも、実際には到達しないことこそ彼らの唯一の望みなのか？　半端クライマーのことを怠慢と片付けたい欲求に駆られるが、これはおそらく真実ではあるまい。彼らの多くは相当な高さまで登るのだし、足取りも元気に私たちを追い抜いていくこともしばしばだ。もしかして、彼らは**場所**に何らかの意味で怯《おび》えているのか？　直視できない変化が己に生じるのが怖いのか？　あるいは彼らはただ、しばし町を離れたいとは思うもののべつにほかのどこかにたどり着きたいという気はないのだろうか、なぜならどこかに着くことは町とのつながりを弱めてしまうことであって、そのつながりはしばし逃れることによってむしろいっそう強まるのだから。別の説も可能だ。実は**場所**に対する彼らの期待はものすごく大きく、だからこそ疑念にも駆られて、幻滅を避けたいがために頂上まで登ることを控えるのか？　興味深い連中である、これら半端クライマーは。ほとんど着く直前まで来て、誘惑的で想像もつかないものをほとんど経験する直前まで近づく。本当に彼らにはそれで十分なのだろうか？

11

高校三年のときに私はダイアン・ドゥカーロに恋をした。それが恋だとわかったのは、体じゅう彼女に触りたい、触られたいと思うだけでなく、心じゅう彼女に触りたい、触られたいとも思ったからだ。時には彼女のことを、一生暮らしたい陽当たりのいい家として思い描いた。私たちは自分の愛読する児童書を読み聞かせあい、たがいの家の屋根裏部屋を探索し、夜中に相手の家に忍び込んだ。たいていは二人でケラケラ笑い、私の父親の車を一緒に乗り回した。ある日、私はダイアンを場所に連れていった。ダン・リヴァーズが引越したあと私はしじゅうそこへ行っていて、白い服の女性は二度と見なかったけれど行けばいつも気分はよく、しばらくのあいだ何かを振り払えたような気になれた。彼女に私の部屋を見てほしい、私の体を、子供のころの片腕がもげた熊を見てほしいと思うのと同じように、私はダイアンに、一緒に場所を見てほしかった。晴れた春の、何だか完璧な春の日という概念をあまりにも頑張って真似ているみたいなので思わずゲラゲラ笑い出したくなってしまう、そんな日だった。山道を二人で登りながら、ダイアンは何もかもじっくり眺めていた。緑の野原、野の花、深緑のベンチに乗った黄緑のバッタ。私たちは手をつなぎ、腕をぶんぶん振っていた。頂上に着くと、彼女は目を閉じ、太陽に向かって顔を上げた。頬が陽を浴びて光って、まるで濡れているみたいだった。「ここ、素敵ね」とダイアンは言い、時おり見せる優しげな、悪戯《いたずら》っぽい顔を見せた。「どうしたの？」と彼女は言った。母親と一緒に場所へ来たときのことを私は思い出したが、いま事態は反対だ――ダイアンの目の中に私は、子供だった私の目に、母が私に注意を向けなかったとき浮かんでいたにちがいない表情を見たのである。「何でもない」と私は言った。何と馬鹿な真似をしたことか、彼女をここへ連れてくるなんて。彼女が望むのは親密さであり、私が求めるのは……だが私はいったい何を求めているのか？　私にわかるのは、場所が手をつないだり一緒に綺麗な眺めに見入ったりするための場ではないということだけだった。私は自分に腹を立て、場所に腹を立て、ダイアンに同情した。青空の下で私たちは並んでぎこちなく歩き、壁のひとつに腰かけてあたりを見回した。私たちは黙って車に戻った。その後も私はダイアンとつき合っていたが、場所には二度と連れていかなかったし、卒業の二週間前に私たちは別れた。

12

それを「大いなる嫌悪」と呼ぶ人もいる。理解できるような理由は何ひとつないのに、にわかに場所を疎《うと》ましく思うのだ。石壁は敵意の目でこっちを睨んでいるように思えるし、空はぐいぐい首を押してくる手。静けさの中、町から人々の呼ぶ声がほとんど聞こえる気がする。それで即座に下の世界へ戻っていき、友人たちと一緒に笑い、妻子と車でバローズ・パークのピクニック場に行き、海辺のバケーションの計画を練る。下の世界で人生はめまぐるしく回っていたというのに、何であんな退屈な丘の、何もない頂上で貴重な時間を無駄にしたのかわからない。一か月、一年、場所のことを忘れていたりもする。けれどいずれまた、町に苛つく時が訪れる。見飽きた屋根の傾き、メインストリートのカフェのテーブルでカップがガチャガチャ鳴る音、芝生のスプリンクラーから飛び散るゆらめく水、ギイギイと軋《きし》むポーチのブランコ。そうして場所を思い出す。あの上の方にある、すべてから離れた場を思い出して、心が揺らぐ——自責と、渇望と、感謝の念に。

13

場所は町が所有し、公園娯楽課が管理して、費用は私たちの税金で賄われているから、土地を違う形で活用したらどうかという声がたびたび上がるのも驚くには当たらない。町議会はしじゅう、場所を利益の上がる場に変えようと目論む地元グループや外部開発業者からのビジネス提案を検討するよう要請されている。よく出てくるプランは、ホテル建設だ。六階建て、広々としたバルコニー、産地直送メニュー、宿泊客以外も入れるアウトドアカフェ。その他のプロジェクトとしては、タウンハウス・スタイルの三十二世帯アパートメント、私立女子校、アイリッシュ・パブが付属した家族経営のレストラン、介護付きホーム、ウェイトルームや屋内プールのあるレクリエーションセンター、認知症ケアに特化した医療施設。提案はすべて、一年を通して開かれる町議会で投票にかけられる。ビジネスの目的はどれも明快であり、よく練られていて、町の財政にとっても間違いなくプラスになる。それに反対して場所を擁護しようとする私たちは、利益も上がらない現状のままに場所を保ちたいと思うのはなぜなのか、説明に難儀する。

14

大学に入ると私は、あたかもあと数か月しか生きられないかのように、書物と人づき合いに没頭した。フェンシングに手を染め、弁論部に入り、朝の五時まで寝ずに人生の真の目標は幸福なのか否か議論を戦わせた。夏休みは毎年家で過ごし、いろんなアルバイトをしながら週末は大学の友人の家へ遊びに行った。場所に行くことも考えたがなぜか一度も実行しなかった。場所はいまや、懐かしく思い出すけれどもうやらなくなった古いボードゲームのようなものだった。と同時にそれは私にとって、抗う必要のある誘惑を代表してもいた。小さな町で送ってきた思春期の生活を、私は乗り越えたいと思っている。その生活に引き戻そうとする誘惑の代表が場所だったのだ。大学を卒業すると夏は家に戻り、就活の準備を始め一種の実験として面接も受けたが、そのあいだもずっと、自分の真の仕事が——それが何であれ——見つかるのを待っていた。二時間離れた都市にある、医療過誤を専門とする法律事務所で初級パラリーガルとして雇用されると、アパートを探しに何度か出かけていった。家を去る前日、車で丘に行った。いろんな人や物に別れを告げていたので、これもその一環だったのだろう。八月の太陽の下、山道を登っていきながら、自分はいったい何をやっているんだろうと自問した。頂上に立ってあたりを見回した。古い木のベンチがひとつだけ細い金属板で作ったものに取り替えられたのを別とすれば、何も変わっていなかった。草一本一本まで、このあいだここへ来たときとまったく同じ位置にあるように思えた。このあいだ、とは大学に上がる前の夏、サウスサイド・レクリエーションフィールドの売店でアルバイトし、友人たちとインディアン・レイクへ泳ぎに行き、ダイアン・ドゥカーロの記憶の残る場所にほとんど寄りつかなかった時期のことだ。夏の終わりにここへ登って、すでにすり抜けていきつつある何かを見きわめようとするかのように、あたりに目を凝らしたのだった。そしていま、私は歩き回り、町を見下ろし、壁に寄りかかって座り、石の角《かど》が背中を押すのを感じている。私はいきなり立ち上がった。自分が何かを、それが何なのかもわからずに待っているのが感じとれた。草の茂る斜面を、遠くに連なる丘を、あたかもそれらがいまにも喋り出すとでも思っているかのように私は睨みつけた。苛立たしい思いが湧いてきた。なぜ私はここへ来たのか？私は新しい人生を始めようとしている。これは古い人生だ、子供のころの誕生日パーティと公園の家族ピクニックとダン・リヴァーズとダイアン・ドゥカーロの日々だ。白いワンピース、燃えるように眩しい部屋を私は思い出したが、すべては夏の夢にすぎなかった。**場所**は私に何も差し出していなかった。頭の中は未来で一杯だったので、どこであれ私はほとんどそこにいない有様だった。それでもなお、私は待った。何かを与えてくれるよう、何でもいい、私がそのために来たものを与えてくれるよう、**場所**に要求していた。ゲラゲラ笑い出したいような、しゃがみ込んで両のげんこつで地面を叩きたいような気分だった。叫ぼうとするかのように、私は口を開いた。それから時計を見て、車に戻っていった。

15

場所は肉体の領域ではなく霊の領域だと唱える者もいる。下の世界では、私たちは肉体に栄養と衣服を与え、仕事に励み、食べ、結婚し、死ぬ。上に行けば肉体は現実の悩みごとから解放され、私たちは瞑想、静謐、静かな高揚の場に入っていき、霊は何の妨げもなく生きいきとふるまえる。こうした説は、**場所**を精神の安らぎの場として歓迎する人には魅力的だし、自分は**場所**を無視しているけれど他人には価値を有することもあろうと認めている人にも受けがいいが、論として説得力があるとは言いがたい。場所の快楽のひとつは、下の町のストレスや緊張のはるか上で肉体が感じる、混じり気なしの歓喜だからだ。渇いた喉が冷たい水を受け入れるように、新鮮で綺麗な空気が肺の奥まで吸い込まれる。肉体は活気づけられ、精力がみなぎり、そわそわ落着かなくなるのではなく滋養を得ていることをひしひしと感じる。と同時に、町のことを、単に物質的な事柄に囚われた場と考えるのも間違っている。下の世界で私たちは本を読み、考え、学校に通い、ピアノリサイタルを聴きに行き、倫理上の選択を為し、愛と呼ぶ恍惚を体験するではないか。場所とは私たちがほかの何かを求め町の世界を離れ出かけていく先だとするなら、そのとき私たちは町のすべてを、自分にとって何より大切な精神の冒険を含めすべてをあとにしていく。場所が促しているのは、人間に関わるすべてのものからの離脱、ひとつの降伏のように感じられる離脱なのだ。

16

三十歳の誕生日に、ルーシー・ウィーラーは日なたと日蔭が交錯する裏庭で友人と家族に囲まれて立ち、みんなが笑ったり物語を語ったり、ワイングラスと、小海老とバーベキューチキンの載った紙皿とを手に歩き回ったりするなか、古いサトウカエデの木に夫が結んだ赤と黄色の風船を眺めていた。彼女はなかば目を閉じ、己の人生の幸福が、ワインを貫く陽光のように体内を流れていくのを感じていた。と同時に、自分自身から少し離れて立って、幸福に顔を輝かせているルーシー・ウィーラーが――ほぼ黒い眉、ゆるやかに後ろで結った豊かな金髪、人目を惹く顔立ち――そこに立っているのを眺めているという感覚もあった。最近よく、こんなふうに自己が分離する瞬間が生じていて、彼女自身はそれを亀裂と呼んでいたが、いままた友人たちに囲まれ幸福が体内を流れていくのを感じながら、突然ここに立っている自分を置いて立ち去りこの庭を出てこの人生から出ていきたいという欲求に彼女は襲われ、その欲求のあまりの激しさに、何か無情で冷淡な表情が顔に現われてしまったのではと、思わずさっとあたりを見回した。翌日の午後、夫は仕事に出かけていて子供たちはジョディ・ゲルバーの家へ遊びに行っているとき、ルーシー・ウィーラーは車で**場所**に出かけていった。六年前、この町へ越してきたときに夫と一度ここへ登ったことがあって、素晴らしい眺めに感嘆したものだった。いま丘の上の盛り上がった場に一人で立ってみると、何かが自分から剝げ落ちていくのを彼女は感じた。しばらくそこに立ったままとどまり、ふと腕時計を見て、三時間が経ったことに気づいて愕然とした。子供たちのことも忘れていたし、夫はもう家に向かっている最中であり、夕食用に鶏の胸肉も買って行かないといけない。彼女は毎日、友人に子供を見てもらうよう手配して、車で**場所**へ通うようになった。朝は午前四時に目が覚め、**場所**へ戻れる時間が待ち遠しかった。夕食の席でハッと気がつくと、娘にじっと見られていた。「君、大丈夫か?」とある晩夫に訊かれ、一瞬、相手が誰だか思い出せなかった。ある土曜日、**場所**へ出かけて、遠くに並ぶ丘の向こうに太陽が沈むまでそこにいた。家にいるあいだは疚《やま》しい気持ちになり、申し訳なさそうな、かつ開き直った態度を見せた。一週間後、日が沈んだあとまで、閉門時間のあとまでそこにいた。空が暗くなっていくのを、夜が満ちていくのを眺めたかった。ひとつの壁の下にある低い斜面に横たわっていた。山道の起点から車が上がってくるのが聞こえると、誰かが探しに来たのだということを彼女は理解し、隠れようかと考えたが、意味ない、と思った。足音が聞こえて、黒っぽい姿の警官が近づいてくるのが見えた。彼女は思った――私はこんなに幸福だ。私はどうかしているんだろうか？　彼女は思った――私の人生はもう二度と元に戻らないだろう。

17

都市で六年暮らし、そのあいだに妻と出会い、法学の学位を取得し、市役所の法律課に勤務した末、子育てのことを考えて、私は生まれ育った町へ戻っていった。自分のことを、生まれ育った町へ戻るタイプと思ったことは一度もなかったが、とにかくそうなって、いい学校のある地区の、木蔭のある通りに建つポーチ付きの家に行きついたのである。家族法を専門とする、調停、離婚、子供の扶養に特化した地元の法律事務所に勤め、やがて自分の事務所を開くことができた。裏庭でのバーベキュー、地元のブロックパーティ、デイケア、バレエのレッスン、野球の練習、湖のキャンプ地での家族休暇等々の生活に私たちは入っていった。私は妻に、家族に、仕事に恋していた。笑顔が息のように私の中から弾け出た。ある夏の日の午後、妻のリリーと車で**場所**へ行き、ベンチに座って手をつなぎ町を見下ろした。一週間後、私は一人でまた出かけた。一人で来たのは十年ぶりで、もはや自分を息子とも学生とも考えなくなったいま、何を期待しているのか自分でもよくわからなかったが、何かを正しいたいという気持ちがあったのだ。失敗に終わった訪問の記憶がいまだ胸の内で燻《くすぶ》っていた。あの日、自分のやり方が何もかも間違っていたことがいまの私にはわかった。あたかも**場所**に何か貸しがあるかのように、私は**場所**に要求を為したのだ。今回は何も求めなかった。ただ単にしばらく町から離れたかっただけだ。天候は暖かだったが空には暗い雲が満ちていた。嵐模様の空の下、あちこちの石壁伝いに私は歩き、はるか遠く眼下に、雨が斜めの線を描いて降るかたわらで陽が眩しく出ているのが見えた。ほとんど肉体的な感覚を私は意識しはじめた。何かの硬さ、内なる澱みが体の中から抜け出ようとしている。あたかも指から何かが流れ出ているのが見えるような気がして、両手に目をやった。私は壁に寄りかかって座り込んだ。背中に石を感じ、脚に地面を感じた。次に自分が何を感じたのか、言うのは難しい。それを充足感、深い安らぎと呼びたい誘惑に駆られるが、もっと力強い何かだった。自分という存在が溶解するような、解《ほど》けていくような。私は壁の石であり、野原の草であり、クローバーの花の上に漂う蜜蜂であり、すべてであり、まったく何でもなかった。雨が降ってきても、私はそのまま座っていた。雨が顔を伝って流れ落ちるのが、シャツに降り注ぐのがわかった。雨は私の境界を曖昧にし、斜めに私を貫いていった。

18

場所を好まない人々もいる。彼らはルーシー・ウィーラーのようなケースはもとより、そこまで極端ではないにせよ精神的混乱、感情的障害、心の動揺の例を数多く指摘する。**場所**は破壊の力であり、私たちを健全な営みから引き離し、病的な夢想の世界に迷い込ませることによって町に害を及ぼす、と彼らは訴える。そのような非難から**場所**を弁護する多くの人々は、**場所**は有益な、生を高める効力を発し、その力自体価値があるのみならず、町の健全さを強化する上でも役立っていると論じる。批判の前提がそもそもおかしいと主張する者もいる。私たちの町の生活は健全だと決まっているわけではないし、**場所**に関連したさまざまな出来事が病的だということもまったくない、と。またある人々は、**場所**は町の欠かせない要素であって、それなしでは町は自らが何者であるかの意識も欠き、その意味でもはや人間的とは言えなくなると説く。私たちのうち、**場所**を歓迎はするがその神秘を見抜いたとは言えない者たちにとって、敵の議論は特別の価値がある。それについてじっくり考え、その論をさらに練り上げ、いっそう多様に発展させ、私たちを批判する論を精一杯強化することを通して、自分たちには見えていないものを明るみに出そうと努めるのだ。

19

私は大きなホールに立っていて、ホールは自分自身の奇怪なバリエーションのように見える人々で一杯だった。より正確に言うなら、彼らは面白半分にドレスアップしたティーンエイジャーのように見えた。さんざんメーキャップをして、両親の服を借り、自分たちがいつの日かこうなると思っている、より年上の自分を世に向けて提示しているような趣《おもむき》なのだ。私が高校の同窓会に出るのはこれが初めてだった。この四十年目の会も出るつもりはなかったのだが、最後の最後で、思いがけなく湧いてきた好奇心に屈したのである。スクールカラーに合わせた二つの飲み物のどちらにするか決めかねていると、私もやはり、自分自身をいまひとつ説得力なく演じている人間のように見えるのだろうかと自問が浮かび、その瞬間、三、四メートル離れたところにダン・リヴァーズが立っているのが目に入った。まっすぐ私の方を見ている。一目でダンだとわかった。その眉、すっと浮かぶ笑み、滑らかな身のこなし、すべて同じだ。もちろんまったく変わっていないとは言わないが、目鼻立ちも仕種も、それら自身のより完全な、より揺るぎないバージョンに落着いたように見えた。「会えるといいなと思ってたんだ。しばらくだな」とダンは私の方に寄ってきて両手を差し出しながら言った。「四十年をしばらくと言えるなら」と私は言って彼の両手を握った。覚えていたより大きいが、それでも無駄なく引き締まった手だ。「ずっと連絡しようと思ってたんだ」とダンは言った。「だけど、何となくずるずる――」そしてあの、ゆっくりした、片方だけ肩をすくめる仕種。「でもまあこれでやっと、積もる話もできる」と彼は言った。私たちは昔と同じ気楽な話し方に入っていった。老いかけた男たちの肉体の中にいる、十七歳の少年二人。ダン・リヴァーズは結婚していて子供は二人。仕事は建築家で、ダムや橋を設計してきた。話の途中で私は彼に、あれ以来**場所**には行ったかと訊いてみた。あのときのことを覚えているだろうか、という問いが私の頭にあったのだと思う。「あ、**場所**ね」と彼は言って少年っぽく笑った。「もちろん覚えてるさ。高二のときだよな。あのころはそういう時期だったんだ。僕の息子もパソコンで毎日六時間ファンタジー・ゲームをやってたよ。いずれ卒業するのさ」。私たちは家族、旅行、子供の学費の話をした。よかったら家に来ないか、と私が誘うと、ダンは本気で残念そうな顔をして私を見た。「う〜ん、ぜひ行きたいんだが……帰らなくちゃいけないんだ。会議で。ここに来られただけでもラッキーだったんだよ。でもこの次は――この次は――絶対」。「うん、絶対」と私も言った。ダンは温かい目で、長いこと私を見た。「会えてよかったよ」と彼は言った。誰かが彼の腕を引っぱっていた。「エミリーかい?」とダンは叫んだ。「信じられない!」。「やあ、エミリー」と私は言った。「ほんとに四十年ぶりなの?」と彼女は言った。「昨日みたいな気がする」

20

場所が与えてくれる活力の源は自然のはたらきだと主張する者もいる。空気は新鮮で、自家用車、バス、トラック、芝刈り機、ガソリンで動く縁刈り機や刈り込み機、隣の隣の町の発電所の古い煙突等々から排出される有毒な気体もなく、眼下の町より空気中に含まれる酸素の量が多い。脳に届く酸素が増えるおかげで、幸福と満足の感覚を促す神経伝達物質の分泌が増進される。加えて、空気を吸うたびに免疫系が強化され、エネルギーが増大し、明晰に思考する力が研ぎ澄まされ、自然光も豊富なので体内のビタミンD製造が刺激され、骨密度も改善されるしホルモンのバランス維持も助けられるというのだ。新鮮な空気と日光の効能は誰も否定しないが、私たちのうち、ほかの理由で**場所**を擁護する者たちは、自然を使った論を好まない。すぐに思いつく問題点として、それでは**場所**と、それ以外のただの田舎に毛の生えたようなところとの区別がつかないことが挙げられる。もっと大きな欠陥は、それが**場所**を飼い慣らし、牙を抜き、町のレベルに引き下げようとする企てであることだ。私たちの**場所**は屋外健康施設、オーバーン・アベニューにオープンしたジムのライバルに成り下がる。私たちのうち、**場所**の真の意味を捉えようとする者たちにとっては、**場所**は町の延長ではない。それは町では、、ないものだ。それは町を脱ぎ捨てること、町を抹殺することだ。それは非-町である。

21

最近私は場所に行き、小さな町を見下ろせる温かいベンチに座った。新鮮な空気を通して、新しいコンドミニアムの建築現場と、ノースメイン・ストリートのほぼ完成した立体駐車場が見えた。これでお前も、景色を見に上がってくるベンチ族の一員になったわけだな、と思ったが、実のところ長い登りのあとで一休みしているだけだった。私の脚はいまだ丈夫だが、心臓は坂を登るとドキドキするようになってきた。妻がいたらきっと医者へ行けとせっつかれただろう。でも私に必要なのは先へ進む前のちょっとした休憩だけだ。しばらくすると私は立ち上がり、見慣れた壁伝いに散歩し、時おり立ち止まっては陽の当たる石のてっぺんに触ってその熱を感じた。私は場所に何も求めなかった。私はただ、家々の輪郭がナイフの刃のようにギラギラ光りはじめてきた町から逃れたかっただけだ。そして私の頭にはたぶん、最近やたらと聞こえてくる、石壁を取り壊し窪地や凹《へこ》みを埋めて平坦にした土地をハイテクビジネスパークに変える話があったのだと思う。もしそうなったら、職もたくさん生まれ、土地の価値は飛躍的に上がる。妻のリリーが亡くなって以来、やはり弁護士になった息子から、家を売って介護付き施設に入ったらどうかと勧められていたが、すべての部屋に光が降りそそぐ感触に私はすっかり慣れ親しんでいて、家を出る気はまったくない。暖かい日差しを浴びながら私は坂を登っていった。心臓がまたドキドキしてくるのがわかった。頂にある壁のひとつまで来ると、向こう端の野原に、白いワンピースの女性がいるのが見えた。彼女はよそを向いていた。私は深く、深く心を動かされた。長い年月を経て、彼女が戻ってきてくれたのだ。あたかも私が十七だったときから時間など全然経っていないかのように、彼女が若いままでいることには驚かなかった。ひょっとしたら私だって、いまもあの壁に寄りかかって座り込み、目をなかば閉じて自分の人生が始まるのを待っているのかもしれない。女性は帽子をかぶっていなかった。明るい茶色の髪が背中の真ん中あたりまで垂れて、片足をわずかに内側に向け、片手でもう一方の腕の肘を摑んでいる。次の瞬間、彼女が町の友人の娘さんであることに私は気がついた。白いハンドバッグを肩に掛け、そこに立っている。私と同じように歩いて登ってきたのだろう。私に見られていることには気づいていないので、邪魔しないようよそを向いた。白い服を着た若い女性の姿を目にして、私の心は和み、同時に弾んだ。あたかも過去と未来を同時に見せてもらった思いだった。突如そばの壁で、紫色にゆらめきキラキラ黒光りするムクドリモドキが空に舞い上がった。

22

ああいう連中のことはわかってるんだ、という目で見る人々は、私たちを不満分子と呼ぶ。あいつらときたら、いつ裏庭やポーチや居間のカウチを離れて、レストランのテーブルから立ち上がって、芝刈り機や庭のホースを下ろして、家族も友人も捨てて**場所**へ向かうかわかったものじゃない、と彼らは言う。駐車場に車を駐めて、曲がりくねった山道を登り、時に途中で休んだりしながら、いずれ頂上にたどり着く。ところが奴らは、野原や壁の前に来たかと思うと、今度は眼下の町へ戻りたくなって、ソフトボールやATMの機械や野外バーベキューが恋しくなる。二つの世界を行ったり来たり、何とも落着かず、決して満足せず、決して休まない……。そういう物言いに、私たちは何の答えも返さない。こう言いたい誘惑に私たちは駆られる——で、あなたは？　あなた、そんなに自分に満足しているんですか？　さらには——休むのは死者のやることですよ。だがそうは言わずに、私たちは町と場所とを行き来しつづける、休息以上に必要と思えるリズムに従って。一方を持たずにもう一方だけ持つとすれば、それは私たちにとって一種の剝奪に、懲罰にさえ思えるだろう。町の重さは遅かれ早かれ私たちを引きずり下ろし、場所の軽さは私たちを虚空へ投げ出すだろう。両者を往復する方がずっといい。町の街路をあとにして解放の瞬間を追い求め、高さをあとにして物たちの頼もしい引きに戻っていく。町と場所とは、内的な不可視の真実の、外的な可視のしるし二つにほかならないと論じる者もいる。町も場所も内面に存するのだ、と彼らは主張する。これに対し私は、そういうことは私にはよくわからない、としか言えない。私にとっては、時が来るのを待つということに尽きる。来たら、町を去って車を飛ばし丘へ向かわねばならないことがわかるのだ。私が場所へ行くのはひとえにふたたび降りてくるためだ、と言ってもいいし、町へ降りていくのはふたたび場所へ戻っていくためだ、と言っても同じことだ。実際、本当にそうなのかもしれない。それは他人が決めてくれればいい。けれども、もしあなたがもっと知りたいなら、自分の目で見てみるのが一番だ。いらっしゃい。私たちを見つけるのは簡単です。私たちはここにいます。日帰りでいらっしゃい。町にいくつもあるアウトドアカフェでランチを楽しみ、通りすがりの観光客たちを眺めるといい。メインストリートをそぞろ歩き、店を一軒二軒覗いてみるといい。そうしたら、丘へ出発する時間だ。自動車販売店が並ぶ前を過ぎて、退職者コミュニティの赤い屋根の建物群、モールと屋外ショッピングプラザの前を過ぎて、森に達する。森を出たら、まず始めは車で登り、どれかの駐車場に車を駐める。車を降りて、あたりを見回す。山道を登りはじめる。気が向いたら途中で休むといい。急ぐことはありません。遠くはないですから。いらっしゃい。

アメリカン・トールテール

American Tall Tale

緑の雨とヤマアラシの櫛。ホットビスケット・スリムと驚異の鉄板。

ポール・バニヤンの話をしよう。ポール・バニヤンの話ならみんな一つや二つは聞いたことあるよね。ポール・バニヤンがどういう奴だったかも知ってるよね。奴は誰より足が速くて誰より高く跳べて誰より酒が強くて誰より射撃が上手かった。誰よりひどい悪態がつけて誰よりすごい自慢話ができて誰よりパンチが強くて誰よりたくさん小便を出した。持ってるまさかりをものすごい勢いで振り下ろすものだからその風で上等な森林地十エーカーにあるマツの木全部の葉が落ちちまった。松葉がバラバラバラバラ何日も降りつづけた。ポール・バニヤンみたいにまさかりを振り下ろせる木樵《きこり》はほかにいなかった。働くの何のって！　日が出る前に寝床から飛び出し、目が開《あ》くより前に油を塗ったブーツに足を突っ込みマッキノーコートのボタンを留め終えた。そうして表に出て、あごひげにブラシを入れようとマツの木を一本引っこ抜く。ヤマアラシを櫛《くし》にして髪を梳《と》かす。そうして仲間たちがまだ蚊の大群みたいに鼾《いびき》をかいて寝てるあいだに炊事小屋に行くと、ホットビスケット・スリムが鉄板の前に立って待ってる。ポール・バニヤンの鉄板の話は聞いたことあるよね。何しろどでかい鉄板なんで、油を塗るにも男が三人、ブーツの裏にベーコンの脂のかたまりを縛りつけてスケートしないといけない。焼き上がったホットケーキをポール・バニヤンは次々丸ごと呑み込み、小樽《こだる》に入れた糖蜜で流し込む。ものすごくたくさんホットケーキを呑むんで、全部を横に並べたらミネソタを横断しちまう、けどまだこれはほんの序の口、小手調べ。ブラックコーヒーを薬罐《やかん》二つ分とリンゴ発酵飲料《サイダー》一樽を飲み干すと、いよいよ森へ出かける。いやもう木を伐《き》るとなったらポール・バニヤンに敵《かな》う奴はいない。とにかくすごい勢いでまさかりを振るい、丘のように高く納屋みたいに太いストローブマツを伐って伐ってずんずん進む。一段落となったときにはもう足下に木が二百本並んでる。まっとうなマツの林二十エーカー、昼飯前にみんな伐っちまう。その間、道拓《ひら》き人たちは川岸まで道を切り拓き、枝落とし人たちは枝を次々切り落とし、木挽《こび》き人たちは鋸《のこぎり》でマツを切って長さ百フィートの丸太に仕立て、つなぎ人たちは丸太を〈青い雄牛のベイブ〉につなぎ、ベイブがくねくね山道を進み川岸の集積場まで運んでく。ポール・バニヤンが来たら森はもう観念するっきゃない。ノースダコタの話は知ってるよね。州一帯どこもかしこも木だったけど、それもポールと仲間たちが来るまでの話。メインからミシガンまで伐り進み、ミシガンからウィスコンシン、ウィスコンシンからそのままミネソタまで。鋸を挽きまくりミネソタからノースダコタを抜けサウスダコタも抜け、さらにモンタナに入って、火だるまの人間たちみたいに道を拓き木を伐り枝を落としまくった。こんなの、どこにもあったためしがない。誰でも知ってるよね。どの話も聞いたことあるよね。でもひとつだけ、誰も聞いたことないかもしれない話がある。ポール・バニヤンの弟の話、これは君たちも聞いたことないかも。

ポール・バニヤンの弟の話

ポール・バニヤンは絶対に弟の話をしなかったけどそれも無理はない。あのぐうたらの、夢ばっかり見てる奴にポールはほとほとうんざりしていた。奴を一目見ただけでもうムズムズイライラしてくる。こいつはポールと同じ背丈があったけど、あったのはそれだけ。生きて動いてる人間でこれだけ痩せてる奴はいなかった。あんまり痩せてるんでお日さまはどうやってこいつの影を作るか首をひねって結局あきらめちまった。あんまり痩せてるんで横を向くと鼻の先っぽしか見えなかった。肩は前屈みで膝は節《ふし》みたいで脛《すね》は棒切れで尻はだらんと垂れて首はまるっきり糸で腕は棹《さお》、よたよた動く莢《さや》同然に中はがらんどうで、だらだら歩くシャベルみたいな足はてんでばらばらの方角を向いていた。肩幅があんまり狭いんで赤いサスペンダーをひょろひょろの首に括《くく》りつけないことにはだぶだぶのズボンが落っこっちまう。節みたいな膝はほんとにごつごつなんで、歩くとがちゃがちゃ、炊事小屋のスプーンがブリキのボウルに当たって鳴るみたいな音がした。だけどそんな箒《ほうき》の柄《え》みたいな見かけよりもっとひどいのは、この人間の出来損ないときたらとにかくおっそろしい怠け者で、こいつに較べたら犬の死骸だって生きいきして見えるくらいだった。毎日とんでもなく寝坊で起きたらもう寝る時間だった。で、この寝呆《ねぼ》け眼《まなこ》の穀潰《ごくつぶ》しが、上り坂を上がってく丸太よりのろく寝床からズルズル出てきて、何をやったか？　何もやらない。あんまりものぐさなんで側頭部をぼりぼり掻くのに二日かかった。あんまりのろいんで欠伸《あくび》を終えるのに六日かかった。あんまりぐうたらなんで嵐で稲妻が光ってる最中にまばたきすると目をまた開くころにはお日様が照っていた。このひょろひょろの、木っ端《こぱ》みたいな、薄い板切れみたいな半分死んだ男は、二日かけても飢え死にしかけた蜘蛛《クモ》が生き返るほども食べやしなかった。食器棚の奥に古いグリーンピースを一個見つけたら、そいつを七つに切り分けて一週間分のディナーにした。テーブルの上にパン屑を見つけたら半分に割ってどっちの半分を昼飯にするか思案した。食べることはゼロ、することはゼロ以下、それでなければこの骨と皮人間、飢えた男がシカの腰肉の上に屈み込むみたいに何かの本の上に屈み込んでる。本だぜ！　いやはや、この居眠りサヤインゲンほどどっさり本を持ってる奴もいなかったね。食器棚にも本があったし流しからも本があふれ出てた。椅子の上にも危なっかしい本の山があってベッドカバーの上にも本があってグラグラの本の山が積まれてるせいで窓の外も見えなかった。家の中を歩けばかならず周りで本が、撃ち落とされた鴨《カモ》みたいに崩れ落ちた。で、本の上に屈み込んで目をパチクリさせるのが済んだら、このだらけた居眠り男もさすがにまともな一日の仕事に取りかかるか？　たぶん、それはない。気がつけばもう、涼しい顔で両手をポケットに突っ込んで森を散歩してたり、じゃなきゃ木の下に座って、木の根に当たる日の光か池を照らす月の光かをぼんやり眺めてたり。もしあんたが、お前そんな木の下に座っていったい何やってんだと訊いたなら、奴はきっとあんたのことを、うーん前にも人間てものを見たことある気はするんだけどいまひとつ確信が持てないなあ、てな顔で見るだろう。そうして奴は、うん、夢を見てるだけだよ、と答えるだろう。夢を見てる！　このジェームズ・バニヤンって奴はウィスキーなぞ一度も飲んだことがなかったし、スター嚙み煙草を口に入れたこともついぞなく、煙草の甘い汁をピュッとポーチの手すりの向こうに吐いたことも、オポッサムを撃ったこともウサギの腹を裂いたこともシカの皮を剝いだこともありゃしない。鉤棒とまさかりの柄《え》の区別もつかない。荷車用の馬にどうやって蹄鉄を打つか、馬車の車輪の折れたスポークをどう直すかもわかっちゃいない。なのにこの背の丸まった夢想家、この歩くトウモロコシの茎、このフワフワ漂う骨袋にしてだらけまくり前屈みの怠け者はポール・バニヤンの弟だったのだ、くねくねの川に縄を巻きつけてグイッと一回強く引っぱってまっすぐにしてしまうポール・バニヤンの。

一騎討ちはいかにして始まったか

さて、ポール・バニヤンといえば偉そうにふんぞり返って歩き、目と目のあいだだけでまさかりの柄《え》四十二本分と嚙み煙草一嚙み分の幅がある青い雄牛を引き連れてたわけだが、この男はこの男なりに家族思いではあった。仕事もせず怠惰百パーセントの弟を、年に二度訪ねていくのが己の務めと心得ていた。春に男たちが丸太の筏《いかだ》に乗って川を下り製材所まで行ったあとに一度と、秋がそろそろ始まろうかという季節に一度。ノースイーストの森はもうほとんど残っていなかったけれど、ジェームズ・バニヤンはそのわずかな残りの中、メイン州にある掘っ立て小屋に住んでいた。ポールはジョニー・インクスリンガーかリトル・ミアリーに万事任せ、厩《うまや》に行って〈青い雄牛のベイブ〉の耳のうしろをコチョコチョとくすぐる。そうしてまさかりを肩にしょって東へ出かけていく。いつものすごい大股でぐんぐん進んでいき、片足をミシガン湖の真ん中にバシャンと突っ込めばもう片っぽはヒューロン湖の岸辺で波を立ててるんだが、メインに近づいてくるとだんだん動きものろくなる。何しろこの男がこの世で誰より会う気がしない奴がこの「俺のことなら放っておいて弟」だったのだ。そうして今回、ポール・バニヤンは九月の晴れた、太陽が照って鳥がさえずり空には雲ひとつない日の午後に到着した。着いてみるとこのお笑い草の弟はベッドに仰向けになっていて、ちょうど目を開けてあたりを見回そうとしてるところだった。てなわけでそこに寝ているジェームズ・バニヤンが、見たこともないくらい大きいマツの大木みたいに立ってるポールを見上げ、片やポール・バニヤンは誰にも使い道のない長い縄みたいに寝てるジェームズを見下ろし、二人ともそれぞれ、こんなふうに鶏小屋にいる二羽の雄鶏《おんどり》みたいに見合ってるくらいなら雨がざあざあ降って水嵩《かさ》もどんどん増してる沼に首まで浸《つ》かってる方がまだマシだよなと思ってる。何を言ったらいいのか、どっちも全然思いつかなかった。お袋元気かい。親父は元気かい。そりゃよかった。ポールはそこに立ってソワソワモゾモゾ、ベッドカバー一面に転がってる本やらリンゴの芯やら椅子の上のブーツ片っぽやらベッドの下からはみ出してるシャツの袖やらを見ながら、きれいに片付いた自分の飯場《はんば》小屋の壁際に並んだ二段ベッド、水差しが一列に連なった洗面台、ベッドの下にしまったブーツを恋しく思っていた。もう起きろよ、俺が何か食べるもの見つけるから、とポールは言う。だけど台所へ行っても見つかったのは流し台の中にブーツの片割れ、テーブルの上にアライグマ、食べるものといっても干からびたベリーの房と、水差しに入った饐《す》えた臭いのリンゴサイダーだけ。表の部屋で兄弟二人は座って話そうとしたけど、話すことなんていつもと同じでやっぱり何もない。ポールは春恒例の川下りでフィーボールド・フィーボールドソンが丸太から落ちて木回し棹のフックで急流から拾い上げられた話をし、オレゴンで手に入る上等の材木の話をし、ジェームズはそれを、目を閉じてざっとひと寝入りするか口を開けてゆっくりあくびするか決めかねてるみたいな顔で聞いていた。ポールが喋れば喋るほど、ジェームズはますます何も言わず、そのうちポールもさすがに我慢できなくなって、いったいどうしてこんな暮しできるんだよと言い、俺はこれで満足なんだよとジェームズが言い、するとたちまちポールがどなり出し、何もしない犬みたいに一日中ゴロゴロしてないでちっとは何かしようって気を起こしたらどうだとどやしつけ、するとジェームズが、俺は何もしない犬みたいに一日中ゴロゴロしてる方が罪もないまっとうな木を次々殺して過ごすよりいいんだと言い返し、それでポールはもう頭に来てしまい、俺はお前より速く走れるしお前より高く跳べるしお前より酒も強いしお前より射撃も上手いし木を伐るのも枝落とすのも鋸挽くのも道を拓くのも俺の方が上だぞと言うとジェームズ答えて曰く、うんまあ兄貴の方がきっと走るのも跳ぶのも酒飲むのも銃撃つのも俺より上だろうしどなるのもわめくのも吠えるのも叫ぶのも上なんだろうけどたとえ兄貴が五百年生きたってできないことがひとつだけある、それは俺より長く眠ることだよ。いやはや、弟の口からこんな言葉が出てくるのを聞いたのはさすがにポールも初めてだった。そんな言葉が怒った蜂の群れみたいに弟の口から出てくるのを聞いてポールは、痩せっぽちの弟が筋肉隆々であるかのように堂々自分に挑んでいる姿を涙が出るまで笑えばいいのか、それとも、こんな男とも言えない血も流れてない男に突きつけられた挑戦を自分が受けて立つのだと思って笑ってしまうまで泣けばいいのか、どうにもわからなかった。そうしてポールはこう言った。俺はお前より叩くのも裂くのも潰すのも砕くのも上だしもうひとつだけ誰にも負けないことがあるとすればお前より長く眠ることとさ。こうして〈眠り一騎討ち〉が始まったのだった。

世界最大のベッド

さて、ポール・バニヤンはキャンプに帰ってまず飯場小屋に入り、自分のベッドをしげしげと眺めた。このベッドというのがおそろしく長くて、一方が朝だったらもう一方は真夜中なのだった。このベッドというのがおそろしく幅が広くて、あるときジョニー・インクスリンガーは速馬を一日じゅう走らせてやっと真ん中にたどり着いたのだった。で、ポール・バニヤンはこのベッドを一目見て、ベッドとしてはちょっと狭苦しくはあるけどまあそんなに悪くないし軽くひと眠りしてまた仕事に舞い戻る、なんてのには十分だと思ったけど、そうは言っても向こうの壁には二段ベッドが並んでいて男たちが鼾をかいたり寝ながらううううなったり寝言を言ったりするし、時にはベイブの奴が窓から鼻をつっ込んできてポールの顔を舐《な》めて起こす。いま必要なのは、何ものにも囲まれずどこかにぽつんとあるベッド、さあたっぷり寝るぞと横になりいくら寝返りを打っても目が覚めたりしないベッドだ。つらつら考えているうちに、どうしたらいいかがはっきり見えてきた。そこでベイブを荷車につなぎ、アイオワへ出かけていった。アイオワのこと、世間でどう言ってるか知ってるよね。アイオワではトウモロコシがあんまり高くのびるんで一人の人間じゃ茎の下半分しか見れなくて残り半分見るにはもう一人要る。アイオワではトウモロコシがあんまり高くのびるんでてっぺんのあたりでタカやワシが巣を作ってる。アイオワのトウモロコシの茎はものすごい幅に広がるんで全部切ってサイロまで運んでくのに農場主はミシガンの森の木樵を雇わないといけない。アイオワにはものすごくたくさんトウモロコシが生《な》るんで、腕を上げて鼻を掻きたかったらネブラスカまで出ないといけない。で、ポールがやったのが、アイオワのトウモロコシの半分を自分で収穫するっていうこと。巨牛ベイブと一緒にアイオワのトウモロコシの只中に足を踏み入れた。ポールがまさかりを振り下ろすと、茎がバタバタバタバタものすごい速さと勢いで落ちてったんで皮から中身がひとりでに次々飛び出してそのまま荷車に収まった。それをみんなサイロに運んでいって、荷車に今度はトウモロコシの茎を、両横が重みでギイギイ軋《きし》むまで積み上げた。煙草の汁をペッと吐き出し、アイオワを出てネブラスカとコロラドを経由して、煙草の汁が地面に落ちるより前にアリゾナに着いた。それからグランドキャニオンに行って峡谷を見下ろした。グランドキャニオンの話は知ってるよね。ポール・バニヤンが鉤棹《かぎざお》を引きずり西へ旅したとき、棹の鉤がずるずる引きずられて出来たのがグランドキャニオン。で、ポールはいまその峡谷のへりに立ち、荷車を引っくり返してトウモロコシの茎がみんなガラガラガッシャン落ちていくのを眺めた。谷底一杯に茎が広がって、崖の半分くらいの高さまで積み上がった。よしよし、でもまだ全然終わりじゃない。この積み上がった茎がポールの体格にはちょうどいいマットレスなんだが、路地裏の猫の群れみたいにチクチクするのが難。キャニオンの縁にポールは立ってじっくり考えた。と、ガンの大群が頭上を飛んできて、はたと思いついた。息を大きく吸い込んで、嵐のときの主帆《メーンスル》みたいに胸を膨らませる。顔を空に上げて思いっきり吹いたんで、太陽がちろちろ揺れて下手すりゃ消えちまうんじゃないかと思えた。そのものすごい息でガンの羽根がみんな吹き飛ばされて、フワフワと茎の山に舞い降りてきた。またもうひとつ群れが飛んでくると、目一杯息を吸ってもう一度吹いた。てな具合にすごい数のガンの羽根を吹き飛ばし、済んだときには茎の山に羽毛が分厚くかぶさって、まるっきりフカフカあったかいキルトみたいになってた。あと欠けているのは枕だけ。そこでポールはキャンプに戻り、若い衆に上等のメリノ羊を五千頭買いに行かせた。モンタナとユタの牧場には羊がわんさといるんで靴を脱いで川から川まで羊の背中を伝っていけるくらい。で、若い衆が羊を買いまくってるあいだにポールは木を伐った五十エーカーの森の切り株を始末しにかかった。どうやったかというと、切り株を次々ブーツで踏みつけて地面に押し込み、やがて全部が地面と同じ高さになった。じきに若い衆が羊を連れて戻ってくると、ポールはそのメリノ羊を一頭残らず平らにした土地に追い込んだ。二本のまさかりの刃を研《と》いで、刃と刃が向きあうように柄《え》を地面に刺した。それからもう二本、まさかりを同じように刺したけど今度はさっきより低い位置に刃を据えた。でもって羊たちを駆り立てて刃と刃のあいだを走り抜けさせると、左も右もシャキシャキきれいに羊毛が刈られていく。これぞ世界初の羊毛刈り取り機。刈った羊毛を荷車に積んで、グランドキャニオンに戻っていった。羊毛を手に取り、ガンの羽毛キルトの一方の端に積んでいくと、これ以上ないってくらい上等なフカフカの枕になっていって、まだ出来上がらないうちからカコミスル三匹とクーガー二頭とミュールジカ一頭がその上に丸まってスヤスヤ眠っていた。

一方、メインでは

ポールが羽毛の嵐を空から降らせ、メリノ羊たちを駆り立ててまさかり四本の刈り取り機を通り抜けさせているあいだ、ズルズル足を引きずるものぐさの弟は、蜘蛛の巣の張った窓のそばに置いた脚の折れた肘掛け椅子にだらんと座っているか、へなへなのマフラーを三つひょろ長い首に巻いてピージャケットのポケットからボロボロの本が飛び出した姿でジメジメ湿った森の小径をノロノロ落葉を踏んで歩くかしているのだった。

ポール、まさかりを担いで出発

〈眠り一騎討ち〉は秋の訪れの一か月後、十月一日の夜九時きっかりに始まることになった。公平を期すために、ポールは眠りチェックの一団を雇い、死んだも同然にグウグウ鼾をかいている二人を三時間交替で見張らせることにした。寝ている最中にピクピク動く、寝返りを打つ、うなる、うめくのは構わないが、瞼を半分でも開けたらその時点で眠りは終わる。眠りチェッカーたちは抜け目ない目付きの、過酷な条件に慣れた、真面目一本槍の、岩のように堅固な人格とナイフのように鋭い眼力で知られる男たちである。普段はオハイオ川で貨物運搬船を操る男二人、オクラホマのバッファロー猟師、ミネソタのスウェーデン系農夫三人、ケンタッキーの射撃の名手、ロッキー山脈の登山ガイド二人、ミズーリの開拓者、テキサスの牧場主、ユタの羊農場主二人、コロラドのシャイアンインディアン、テネシーの毛皮猟師二人。炊事小屋でどろっと濃いエンドウ豆スープと、リンゴサイダーに漬けて焼いた香辛料入りハムの食事を済ませると、ポール・バニヤンは立ち上がり、飯場小屋に住む若い衆に向かって演説をぶった。北の森で木を伐った男、底に釘を打ったブーツで大地を歩いた人間、その誰が相手だろうと俺の方が高く跳べるし足も速いし喧嘩も強いし仕事もできる、そして今度は、俺に挑もうっていうくらい自惚《うぬぼ》れの愚かな奴、その誰が相手だろうと昼寝夜寝居眠りうたた寝、どんな眠りでも俺に敵う奴はいないことを証明してみせる。俺が出かけてるあいだはジョニー・インクスリンガーがキャンプを仕切ってくれる。何かもめ事があったらリトル・ミアリーとショット・ガンダソンが硬い拳骨四つと二メートルの鉤棹で片を付けてくれる。こうしてポール・バニヤンは皆に別れを告げ、中でもジョニー・インクスリンガーとリトル・ミアリーとホットビスケット・スリムと鍛冶屋ビッグ・オールとフィーボールド・フィーボールドソンとショット・ガンダソンとサワドー・サムとシャンティ・ボーイにはとりわけ懇《ねんご》ろに言葉をかけてから厩に行ってベイブの首をぎゅっとハグし青い耳のうしろをコチョコチョくすぐり、まさかりをしょって足取りも豪快に出かけていった。森をドスドス抜け、川の流れる谷ぞいをズンズン歩き、ミズーリ川をひょいとひと跨《また》ぎしてネブラスカの平原に降り立ち、コロラドでブーツの埃を払った。アリゾナではまず高さ十五メートルのサボテンを引っこ抜いてひげに櫛を入れた。九時二分前にグランドキャニオン到着。九時一分前にパチパチと鳴るトウモロコシの茎ベッドに仰向けに横たわり、両足を崖に押しつけ頭をフカフカの羊毛枕に載せてガンの羽毛に体を沈めた。まさかりは刃を下にしてヒッコリーの柄《え》が頭のすぐ横に突き出るよう茎の山に刺し、九時ぴったりに目を閉じて深い眠りに落ちていった。

ジェームズ、準備にかかる

〈眠り一騎討ち〉の始まる予定の日、メイン州に日は沈みジェームズ・バニヤンは貯氷庫にいる角一本のカタツムリよりもっとノロノロと寝床から這い出る。あくびをしながらギシギシ軋む台所に入っていき、何か食べるものはないかと見回すが、見つかったのは食器棚に鼠一匹の死骸と箱の底に古びた干し葡萄一粒だけ。腹を空かせた猫が乗ってる傾いだテーブルの前に置いた三本脚の椅子に腰かけて、そのひからびた干し葡萄を、まるでそれが糖蜜漬けベイクトビーンズを添えた熊肉のシチューであるかのように眺める。ジェームズはその干し葡萄の残骸にゆっくりと取りかかり、終えたときにはすっかり腹はくちくなり、納屋の壁に寄りかかった枯れ枝みたいにただボーッと座ってる。左手をジイッと、あんまり長いこと見つめるものだからそのうち足みたいに見えてくる。右足をジイッと、あんまり長いこと見つめるものだからそのうち鼻に変わる。こんなに体を使ったんだからもう休む時間だと考え、でもって部屋に戻って寝床にもぐり込み、骨がごつごつ出っぱった背中を下にして体を長々とのばし、靴紐みたいな首のうしろで両手を組み、糸並みに細い両足を茎みたいな足首で交叉させ、枕許《まくらもと》のテーブルの上に置いた蠟燭が投げ上げる影の飛び交う天井の梁《はり》を眺める。蒼い馬たちが丘を越えていくのが見える。ひびの入った古い柱時計の針が、松葉杖をついた猫みたいにノロノロと九時めざして這っていく。ジェームズは目を閉じて鼾をかきはじめる。

飯場小屋の夜

一方キャンプでは男たちが日の出から正午まで道を拓き木を伐り枝を落とした。切り株に腰かけて、荷車で運んできたサワドーの丸パンをブラックコーヒーで流し込み、また日が沈むまで伐採に励んだ。ポール・バニヤンがいないと何ひとつ同じじゃなかった。炊事小屋で夕食を済ませると、飯場小屋のストーブを囲んで物語を語りあったけど、実はただ待ってるだけだと誰もがわかっていた。ポール・バニヤンほど眠らない人間なんて見たことがない。どさっと仰向けになって、頭が枕に触れたかと思うと体はもう立ち上がり早く仕事を始めたくてうずうずしている。きっと午前零時より前に帰ってくるさと言う者もいれば、いいやもう帰っていて闇の中で木を伐ってるのさと言う者もいた。俺たち少しは休まなきゃ、俺は直感でわかるんだ、ポール・バニヤンみたいな男は明日の朝まで帰ってこないって、とリトル・ミアリーが言った。午前零時を過ぎたあとポール・バニヤンの小屋からガッシャンと大きな音がして男たちは身を起こしさあ喝采の声を上げるぞ、歓迎の踊りをやるぞと意気込んだが、何のことはない、巨牛ベイブが厩から逃げてきて小屋の窓に頭を叩きつけただけだった。次の日一日じゅう男たちは道を拓き木を伐り鋸を挽いたけど気持ちはまるっきり上の空だった。その夜は飯場小屋のストーブを囲んでも物語はひとつも語られなかった。男たちはベッドの上でべったり体を広げ耳を納屋の扉みたいに大きく広げ目は牡蠣《カキ》みたいにぎゅっと閉じ、星空の下、遠くの峡谷にあるトウモロコシの茎のマットレスと羊毛の枕からポール・バニヤンが戻ってくるのを待った。

長い眠り

ジョニー・インクスリンガーはその気になれば男たちにしっかり活を入れられる。ポール・バニヤンはきっと一週間は眠るはずだからお前ら夢を見るのはやめて気合い入れて仕事にかかれ、とみんなにハッパをかけた。ポールみたいな男は二週間、ひょっとすると三週間だって寝てられるんだ、と。何週間かが過ぎ、初雪が降った。まさかりの端っこも見えないほどの大雪だった。ある日、太陽が顔を出し、鳥たちが木々で歌った。男たちは伐った木を川下の製材所まで運んでいき、夏のあいだキャンプを畳んだ。秋には飯場小屋と炊事小屋と厩を〈青い雄牛のベイブ〉につなぎ、ベイブが丸ごと引いて丘を越え川を渡り、樅《モミ》の木がものすごく高くのびているので月を通すためにてっぺんを折り曲げて留めてある森に行った。夜は毎晩、飯場小屋のストーブを囲んでいまもポール・バニヤンの話をしたけれど、何だかまるで、ずっと昔にいなくなった誰かの、ひょっとしたら元々いたこともない誰かの話をしているみたいだった。覚えてるか、青い雪が降った冬のこと？　ポール・バニヤンがミネソタを歩いて越えてそのブーツの足跡で一万の湖が出来たときのことは？〈青い雄牛のベイブ〉のためにポール・バニヤンが水飲み穴を掘ってやったことは？　その穴がミシガン湖なんだぜ。それと、ポール・バニヤンがうっかり犬を二つに切っちまったとき。くっつけ方を間違えて、二本の脚は上向きであと二本は下向きになっちまった。ホーダッグのこと、覚えてるか？　ワーリング・ウィンパスは？（どちらもポール・バニヤン伝説に出てくる架空の動物）　寒い季節になると男たちは朝寝坊になり夕方も早々と仕事を切り上げた。ジョニー・インクスリンガーは悪態をついてどなり散らしたが無駄だった。ベイブはひどく落ち込んで厩にこもりきり、何があっても出てこなかった。男たちはベイブのことを忘れてしまったけれど、ホットビスケット・スリムは毎朝ホットケーキを樽に入れて厩へ持っていってやった。その冬は雪が四十七日間降りつづけた。あんまり高く積もったものだから木々までたどり着くのにトンネルを掘らないといけなかった。幹は砥石《といし》みたいに硬かった。幹にまさかりの刃を擦《す》りつけると刃がものすごく鋭く研げて、雪ひらを二つに切ることができた。新しい男たちの中には、ポール・バニヤンの話は聞いたことがある、と言う者もいたけれどあまりに寒いのでその言葉も宙で凍ってしまい春まで融けなかった。暖かくなると男たちは伐った丸太を川下の製材所まで運んでいき、それが済むと何人かは工場町へ働きに行って秋になってもキャンプに戻ってこなかった。ジョニー・インクスリンガーはキャンプをもっと高い、トウヒが何マイルも手つかずに残っている森が見渡せるところに移した。男たちは山道を切り拓き木を伐り倒して川岸の集積場に持っていった。黒い空から雪が吠えながら降ってきた。暖かい夜、男たちは飯場小屋の外に座り、煙草の汁をペッと焚火に向けて吐いた。ポール・バニヤンはグランドキャニオンへ眠りに行って川の水が増したときに溺れ死んだんだと言う者もいた。ポール・バニヤンは飯場小屋のストーブを囲んで男たちが語りあった物語なんだと言う者もいた。

ジェームズ、ちょっとばかり夢を見る

ポール・バニヤンが巨大なベッドの上で、まさかりを振るう男に相応しく石のごとく眠りこけているあいだ、ろくでなしの弟はメインの森の中でいつもやってることをやっていた。すなわち、ひたすら夢を見ていた。人生なんて知るかっていう感じのこの弟ほど、たっぷり夢を見た奴はほかにいない。昼は骨みたいに硬い尻を下にして一日じゅう夢を見て、夜も夜で筋肉のきの字もない背中を下にして一晩じゅう夢を見ていた。そうしていまは鼻を上にしてベッドに横たわり、次から次へとそりゃもうたくさん夢を見るんで、きっと頭の中は飯場小屋のストーブで燃えてる松材みたいにパチパチ鳴ってるんじゃないか。魚になって川で泳ぐ夢。コンドルかアカオノスリみたいに空を飛ぶ夢。そんなもの見られるはずがないっていうものが見える夢もあって、たとえば天国に行って天使がそこらへんを動き回ってる中をうろうろする夢とか、地下はるか深くに潜って闇の中でいろんなものからじろじろ見られる夢とか。赤い炎になった夢。死人になった夢。ものすごく大きくなって、小っちゃなまさかりを担いだポールが手の甲に立つ夢。マツボックリをすべての州にポンポン投げ込んで国じゅうで大きな松林が続々生まれる夢。どのマツもぐんぐん高くなって北斗七星をかすめるくらいだった。どっちを見てもひたすら木しかなかった。町も都市もみんな呑まれてしまった。鳥たちが人間にも理解できる言葉を喋った。人間は川べりに住んで必要なものを栽培した。熊とコヨーテが野生の七面鳥やシカと並んで横たわった。木樵たちはまさかりをハーモニカに変身させた。一年じゅう夏だった。ジェームズ・バニヤンはとにかくひたすら夢を見まくるのでもうすっかりくたびれてしまい、まだ生きてももう少し夢を見られるようもっと眠らないといけなかったという話。

大いなる一騎討ちの決着

ポール・バニヤンがどういう人間だったかは知ってるよね。一度こうと決めたら、もう止めようはない。峡谷がものすごく寒くて、あごから三メートルのつららが垂れてるのが見えたときもこの男は眠りつづけた。ものすごく暑くて、赤い岩が日を浴びて融けたときも眠りつづけた。コヨーテやオオヤマネコがひげの中で丸まっていてハゲタカが二羽髪の毛に巣を作ってもまだ眠ってた。吹き荒れる風に飛ばされた大石が次々絶壁を転がりベッドに落ちてきても寝ていたし、マッキントッシュリンゴ大の雨粒が顔を直撃しマッキノー毛布を通って染み込んできてもやっぱり寝ていた。ある日、不思議なことが起きた。ポール・バニヤンが目を開けたのだ。あっさり、パッと。何人もが峡谷の縁の山道に立ってポールの方を指さし、あれこれ叫びはじめた。十年と十二時間！と誰かが宣言した。ポールは目にも止まらぬ速さで立ち上がり、周りじゅう吹雪のようにガンの羽毛が舞い上がった。まずやったのは、グランドキャニオン北縁《ノース・リム》のてっぺんからトウヒの木を一本引き抜いてあごひげを梳かすこと。ひげはのびにのびて足先まで来て、羊毛の靴下に巻きついてもまだのびつづけ、絶壁にたどり着くと今度は蔦《ツタ》みたいにのぼっていって半分くらいまで達していた。次にやったのは、体じゅう羽毛に包まれ巨大なガンみたいな格好で峡谷をのぼって外に出ること。ポンデローサマツで毛布を払いのけ、まさかりを肩にしょった。すさまじい空腹を抱えていたが、食べる前にひとつだけやらなくちゃならないことがある——空威張《から》りの弟の様子を見に行くこと。東へ向かい、ものすごい速さでメインに着いたんで、行き過ぎたと気づいたときにはもう膝まで海に浸かってた。森の中の小屋はすっかり様変わりしていた。藪が茂って窓という窓を覆い、野生の花が屋根に咲いていた。ポーチには苔むしたマツの枯木が倒れて床が潰れていた。割れた窓を突き抜けて家の中にも長い枝が入り込んでいた。苔の生えた家具の上をリスやオポッサムが走り回っていた。寝室のドアは開けっ放しになっていて、部屋の闇の中で知らない男がベッドの横の椅子に座っていた。ベッドの上では弟が仰向けに横たわり、ホウキグサみたいな腕を小枝みたいな胸の上で組んでいた。糸みたいなあごひげがすごく長くのびて、脚を越えて向こう側に這い出してからノスリみたいな足先に巻きついていた。そこから今度は床に降り、ベッドの脚に絡みついていた。骨ばった犬がベッドの上で弟の隣に横たわり、懸命にクンクン鳴いていた。苔と野生のキノコが弟のひげの中から生えていた。長い鼻はまさかりの刃みたいに薄く鋭かった。クンクン鳴く犬、暗い部屋、椅子に座った知らない男、墓場のような静けさ、そのすべてにポールはたまらなく落着かなかった。弟の落ち窪んだ頬を見て、〈眠り一騎討ち〉のことも忘れてしまった。死んだように静かなその部屋で、何もかも忘れてしまった。いまはただ、尻に火の点いたキツネみたいに一目散にここから逃げて木樵仲間のところへ帰りたかったが、体を動かそうとしても動かなかった。屈み込んで、弟をよく見てみた。ないに等しい肩が、鶏ガラみたいにシャツを突き破って出ている。触ったらどんな感じだろう。ポール・バニヤンは弟に何かを与えたかった。肩からまさかりを下ろして、ベッドの上、弟の隣に横たえた。そうっと、ものすごくゆっくり置いた。と、ジェームズが片目を開けてポールを見た。十年と十二時間と十六分、と椅子に座っていた知らない男が言った。ポールはパッとうしろに飛び退き、ものすごい大声を上げた。あんまり大声で叫んだので、ジェームズの顔を舐めていた骨張った犬がベッドから吹っ飛びゴロゴロ部屋の隅まで転がっていった。ポール・バニヤンのものすごい声に窓から枝も吹っ飛んで日が入ってきた。日の光にジェームズが開けた方の目をすぼめ、蜘蛛みたいな細い腕を顔の前に掲げた。ちょっとくらい寝かしてくれたっていいのに、とジェームズは言い、それからごろんと寝返りを打って眠りに戻っていった。

その後

自分の負けをポールは悟った。グラグラの骨の山みたいな役立たずの弟に負けたのだ。が、ひどく落ち込む間もなく、すさまじい空腹が襲ってきた。何せ十年十二時間十六分とさらに少し、何も食べていなかったのだ。自分のブーツをバターで炒めて食えそうなくらい腹ペコだった。メイン州の半分を齧《かじ》り取ってセントローレンス川で流し込めそうなくらい腹ペコだった。頭の中に、ホットビスケット・スリムが鉄板の前に立ち、ケーキのたねがパチパチ撥ねて、ホットケーキがくるっと宙返りする眺めが浮かんだ。ポールはまさかりを手に取り、大急ぎで掘っ立て小屋から出ていった。とにかく急いでいたのでちょうど同じ方に行くハリケーンに飛び乗ったが、あまりにのろいのでさっさと降りた。ヒューロン湖で片足を濡らし、もう一方をミシガン湖で濡らした。キャンプに着くころには男たちはみんな森の真ん中で顔を上げ、いったい何の騒ぎだろうと訝《いぶか》しんでいた。ポール・バニヤンが森で一番高い木みたいにそこに立っているのを見て、喝采を上げた者もいれば驚いた顔をした者もいたし呆然として頭を掻いた者もいた。ポールはまっすぐ厩に行き、青い雄牛をぎゅっと強くハグしたので、ベイブが緑色になってそれから赤くなってそれからやっと元の色に戻ったという説もある。今度はものすごい速さで炊事小屋に行ったのでハグがあとからついて行ったという話。ホットビスケット・スリムはその日いつにも増して料理の腕をふるったという。鉄板の横に大きな滑り台を据えてホットケーキを次から次へと送り出し、どれもがポールの皿に着陸してひとりでにどんどん積み上がっていった。十人がかりでたねの薬罐を満たし、二十人がかりで鉄板の下の火を絶やさぬよう割った丸太と枝をくべた。その朝ポールはとにかくたくさんホットケーキを食べたので、川で働く男たちや製材所で働く男たちがただ単にこの木樵が食べるのを見物しにはるばるアイダホからもやって来た。あんまりたくさんホットケーキを食べたんで、メインからオレゴンまでもう小麦が全然なくなって、カナダで樽に入れて平底船に載せて運んでこないといけなかった。次から次へとホットケーキを口の中に放り込み、薬罐に入った糖蜜で流し込んだ末に、ここらでそろそろまさかりを手に取り少し仕事をする頃合だとポールは思った。そうして森の中に入っていって、まさかりをものすごい勢いで振り下ろしたものだから、木が地面に倒れるとひとりでにパリパリ割れて小ぎれいなマツの板材になっていた。その仕事の速いこと速いこと、周りの人間がまさかりの音を聞くより前に一エーカーのストローブマツを伐り倒していた。まさかりを振るいながら、ポール・バニヤンは声を張り上げた——俺は誰より足が速くて誰より高く跳べて誰より酒が強いし誰より射撃も上手いし、誰だろうが何だろうがぶっ叩いてぶった切ってぶっ潰してぶっ壊してやるしメインにいる俺の弟は昼寝でも夜寝でもうたた寝でも居眠りでも冬に洞穴にこもったハイイログマより長く眠れるんだ。その晩ずっと飯場小屋の男たちは木がばさばさばさばさ倒れるのを聞いたけどポール・バニヤンはどこにも見当たらなかった。話によると十四日と十四晩まさかりを振るいつづけてやっと頰の汗一滴を拭おうと手を止めたという。ロッキー山脈の向こうまで伐り進みオレゴンの岸も越えて太平洋に膝まで浸かって波を二つに伐っていたっていう話もある。とにかく気合を入れて伐ったものだから以後二度と筋肉ゼロの弟に会う暇はなかった。ジェームズ・バニヤンは兄との一騎討ちでものすごく疲れたんで毎日ひたすら寝不足を取り戻そうと努めたという。いまもまだ眠ってるんだという話もある。それはどうかなあと思う。こういうのはみんなただのお話だから。

夜の声

A Voice in the Night

1

少年サムエルは闇の中で目覚める。何かがおかしい。大半の注釈者は、この出来事が起きるのは神殿の内部であって、星空の下、神殿の扉の外にある天幕の中ではないということで意見が一致している。それほど合意がないのは、サムエルの寝床が、一晩じゅう灯された七枝のオイルランプの前に〈契約の箱〉が置かれた〈至聖所〉そのものにあるのか、それとも隣接した寝室にあるのかである。ここで仮に、彼が内部の、至聖所にも近い、おそらくは隣接した寝室で横になっているとしよう。そこからは、カーテンを吊した戸口を通って、ここシロの神殿の大祭司を務めるエリの寝室に行くことができる。私たちはそうした細部を好むが、いまはそれは大事ではない。大事なのは、サムエルが夜中に突然目を覚ますことだ。『ユダヤ古代誌』の著者フラウィウス・ヨセフスによればこのときサムエルは十二歳だが、あるいはそれより一、二歳若いかもしれない。何かにハッとして目覚めた。もう一度それが聞こえる、今度ははっきり「サムエル!」と。エリが彼の名を呼んでいる。どうしたのか? エリは決して夜中に彼の名を呼んだりはしない。サムエルが日没時に神殿の扉を閉めるのを忘れたのか？　ランプの七つの炎のうちひとつが消えるのを見逃してしまったか？　だが彼ははっきり覚えている。杉材の重い扉を押して閉めたこと、ランプが一晩じゅう明るく燃えるよう至聖所に入って七つの枝に神聖なオリーブ油を補充したことを。「サムエル！」。彼は山羊の毛の毛布を放り投げ、急いで、ほとんど走るように闇の中を進んでいく。カーテンを押しのけてエリの寝室に入る。老人は仰向けに横たわっている。シロの神殿の大祭司なので、木の壇に敷かれた蒲団には藁《わら》ではなく羊毛が詰まっている。頭は山羊の毛の枕に載っていて、指の長い両手は白いあごひげの下、胸の上で組んでいる。目は閉じている。「お呼びになりました」とサムエルは言う。あるいは「汝《なんぢ》われをよぶ我こゝにあり」といった言葉遣いかもしれない。エリは目を開ける。眠っているところを起こされた人間のように、少々混乱しているようだ。「呼んではいない」と彼は答える。あるいは、夜中に起こされるのは好まないので少々ぶっきらぼうに「我よばず反《かえ》りて臥《いね》よ」と言ったかもしれない。サムエルは大人しく立ち去る。自分の寝室に戻って横になるが目を閉じはしない。エリに何年も仕えてきて、神殿についてもそのしきたりについても多くを理解するに至っているので、今夜のことも理解しようと努める。エリが自分でもわからずに彼の名を呼んだということはありうるだろうか？　祭司は老いていて、時おり眠っている最中に何か唇で音を立てたり聞き慣れぬ言葉を呟いたりする。けれど夜中にサムエルを呼んだことは一度もない。サムエルが夢を見て、夢の中で誰かの声が彼の名を呼んだのか？　つい最近も、紅海の二つに分かれた水を一人で歩いている夢を見た。ゆらめく水が崖となって両側にそびえ、それら水の壁が頭上に落ちてきたところで叫び声とともに目が覚めた。神殿の壁の外から、幼い羊がわめく甲高い声が聞こえる。サムエルはゆっくりと目を閉じる。

2

一九五〇年、コネチカット州ストラトフォードの夏の夜。七歳の少年は二階の自室にいて、裏庭が見下ろせる、網戸の入った二つの窓の下で眠らずに横たわっている。窓を通して、夏の音が聞こえる。裏庭の生垣の向こうの空地でコオロギが鳴くチュク、チュク、チュクという音。ロバならヒー＝ホー、雄鶏《おんどり》ならコケコッコーと決まっているけれど、コオロギの声は自分で決めるしかない。時おり、表の庭に面した道路を車が通り、暗い天井に光の長方形二つを投げる。長方形は半分上げたブラインドの下で開いている窓の形だと少年は思うが、確信はない。少年は耳を澄ましている。懸命に澄ましている。その日の午後、ユダヤ・コミュニティセンターの日曜学校で、クラウス先生が少年サムエルの話を読んでくれた。真夜中に声が少年の名を呼んだ。「サムエル！　サムエル！」。サムエルは大祭司の侍者で、両親と離れてシロの神殿で暮らしていた。自分の名を聞いたサムエルは、大祭司が呼んでいるのだと思った。夜中に三度自分の名を聞き、三度ともエリの枕許《まくらもと》に行った。だがそれは主が彼を呼ぶ声だった。ストラトフォードの少年は夜、自分の名が聞こえないかと耳を澄ませている。サムエルの物語を聞いて少年は落着かなくなり、猫のようにピリピリしてしまった。ごく小さな音がしただけで体全体がこわばる。自分が持っている『児童向け絵入り旧約聖書』の表紙にいるあごひげの老人のことなどふだんは全然考えないが、いまはどうなんだろうと思っている。どんな声をしてるんだろう？　神というのは、自分の理解できない物事を説明するために人間がでっち上げたお話なんだよ、と父親は言った。夕食の席でみんなに神の話をするとき、眼鏡の奥で父の目に怒りと嘲笑が満ちる。でも夜の声は魔女みたいに怖い。夜の声は少年がそこにいることを知っている。たとえ闇の中に隠れていても同じこと。声に名を呼ばれたら答えなくてはいけない。声に自分の名前を呼ばれるところを少年は想像する。声は天井から来て、壁から来る。おぞましい手に、体じゅう触《さわ》られるみたいだ。声なんか聞きたくないけれど、聞こえたら答えなくてはいけない。逃げようはない。掛け蒲団をあごまで引いて、水の壁が砕け落ちてエジプト人たちを襲い、彼らの戦車と馬を襲うさまを少年は考える。網戸を通して、コオロギの声がだんだん大きくなっていくように思える。

3

作家は六十八歳で、健康で、歯も大半は残っていて、髪も半分はあり、まだ死んでいないものの、最近はよく眠れない。元々眠りは浅く、どんな小さな音でもパッと目覚めてしまうのだが、これは違う。本を胸に載せて眠りに落ち、それから、まるで何の理由もなしに目が覚め、首をねじってデジタルクロックの緑の光を見ると、いつも2：16とか3：04といった夜中の散々な時間なのだ。地獄の時間、深淵の時間、帰らざる時。ベッドサイドランプを点けようか、少し本を読んでみるか、リラックスして、と思うもののランプのスイッチを入れるという行為によってますます目が覚めてしまうことはわかっているし、そもそも午前二時だの三時だのに目が覚めたら何を読めばいいのか。何か興味の持てる事柄について読んだら、頭が興奮してしまって眠るチャンスはフイになるが、退屈なものを読んだら苛々して落着かなくなってやっぱり眠れない。脚の骨を折って道端の溝《どぶ》に倒れている男のように、こうやって横になって運命を呪っている方がいい。作家は闇の音に耳を澄ます。通りすがりの車のヒシューという音、近所のエアコンのムムムム、屋根裏の床板のスクリィィィク——これは住込みの幽霊。真夜中の悪しき時にはいろんなことが頭の中を通り抜けていく。作家は耳を澄ましながらストラトフォードの家にいる少年のことを考え、二つの窓のそばにあるベッドのこと、夜の声のことを考える。最近作家は少年のことをしじゅう、時には苛立たしい思いで、時には悲しみのように感じられる烈しい愛情とともに考える。気が張って、ピリピリ緊張して、夜の声が聞こえないかと耳を澄ませている少年。作家は少年をどなりつけてやりたい、その頭に少しばかり分別を叩き込んでやりたい。野球のグラブに油を塗れ！　自転車に跳び乗れ！　ブランコセットで懸垂をしろ！　体を鍛えろ！　でも何であの子をどやしつける？　あの子に何をされた？　声がここで、いまここで呼んでいると想像してみる方がいい。やあ、無神論者の爺さん、ちょっと知らせがあるんだよ。おあいにくさま、時間の無駄だよ、こっちが七つのときに売り込むべきだったね。少年は本当に夜の中で自分の名を呼ぶ声が聞こえると思ったのか？　ずっと昔、『ボビー・ベンソンとB＝バー＝B＝ライダーズ』（一九四〇年代後半～五〇年代前半に放送された子供向けの番組）がラジオで鳴っていて、父親が夕食の席でマッカーシー（赤狩りを主導した上院議員）を糾弾している。朝鮮での戦争、釜山《プサン》侵攻。大昔の物語も体に染み込んだ。井戸に落とされたヨセフ（『創世記』に出てくる、兄たちの妬みを買って井戸に落とされた人物）。二つに分かれる紅海。竪琴でサウル王の心を慰めるダビデ。カトリックの労働者階級の多いストラトフォードで、登校中にホーリーネーム教会の前を通るとき十字を切らない子供は彼だけだった。額に灰のしみをつけた女の子たち（キリスト教の「灰の水曜日」の儀式への言及）。神を蔑《さげす》む父親は車で日曜学校まで乗せていってくれるが、ほかの子たちがヘブライ語の授業へ行く段になると彼を連れて帰る。彼にはバルミツバー（ユダヤ教で十三歳の少年に施す成人の儀式）もなし。理解もできない言葉を子供たちにペチャクチャ言わせるなんて、と地元のラビを嘲笑う父親。「まるっきりのたわごとだ」。新しい言葉――たわごと《ジバリッシュ》。気に入った――ジバリッシュ。それでも――日曜学校、「千歳《ちとせ》の岩」（ユダヤ教のハヌカーの祭りで歌う歌）、サムエルの物語、なぜこの夜はほかのすべての夜と違うのか。横たわって耳を澄ましている、自分の名が呼ばれてほしいと思っている少年。本当に自分の名が呼ばれてほしかったのか？　作家は窓越しに、遠い車の音、コオロギたちの叫びを聞く。六十年後、ニューヨーク州北部で、ストラトフォードの夏のコオロギの叫びがいまも。寝る時間だよ、爺さん。

1

サムエルはふたたび目覚める。今回は確信がある。エリが彼の名を呼んだのだ。声はくっきり、壁に書かれた名のように際立つ。「サムエル！」。彼は山羊の毛の毛布を払いのけ、ベッドのかたわらに敷いた藁の敷物に降り立つ。物心ついたときからずっと、エリと一緒にこのシロの神殿で暮らしてきた。年に一度、母と父が、毎年の犠牲《いけにえ》を献《ささ》げにラーマーからやって来るときに訪ねてくる。生まれてすぐ、母はサムエルを神に捧げた。母は神に祈って息子を授かったのであり、ゆえにサムエルという名は「神に求めた」を意味する。ゆえに彼はリンネルの祭服を身につけ、ゆえに髪を肩の下まで垂らしている。その頭には決して剃刀《かみそり》が触れてはならない。サムエル――神に求めた。彼はエリの寝室に入る。エリがベッドの上で身を起こしていて、じれったい気持ちで彼を待っているものと思っている。ところがエリは目を閉じて仰向けに、眠っている人間のように横たわっている。エリを起こすべきか？　エリはサムエルの名を呼んで、それから眠りに戻ってしまったのか？　老いていて心配事もたくさん抱えている人を起こすのはためらわれる。エリは神殿の大祭司だが、その息子たちは邪《よこしま》だ。彼らは掟に従わない祭司である。犠牲として肉が奉じられると、彼らは一番上等の部分を自分のものにする。神殿の扉に来る女たちと淫らな行ないを為す。「我こゝにあり！」とサムエルは、意図したよりやや大きな声で言う。エリがもぞもぞ動いて目を開ける。「汝われを呼べり」とサムエルは声を柔らかくして言う。老いた祭司は頭を上げるのにも難儀する。「我よばず反りて臥よ」。サムエルは文句も言わず目を伏せ、老人の眠りを邪魔してしまったという落着かぬ思いとともに立ち去る。自分の寝室に入っていきながら、理解しようと彼は努める。エリはなぜ二度も夜中に彼の名を呼んだのか？　それは大きな澄んだ呼び声で、ほかの音とは間違いようのない声だった。が、真実しか語らぬエリが、それを否定したのだ。サムエルは寝台に横たわり、毛布を肩まで引き上げる。エリはひどく老いている。サムエルの名を呼んでおいて、サムエルがかたわらに現われると、もう呼んだことを忘れているのだろうか？　老人たちはとかく忘れっぽい。先日サムエルに自分の子供のころの話をしたときも、エリは言おうとした名前が思い出せず、不安げな顔になった。サムエルは神殿でも、体が山羊革の袋に入れた井戸水のように震える老人を見たことがある。目は光の消えたランプのようだった。エリも老いていて、目も霞んできたが、体は震えないし声もまだ逞《たくま》しい。紫と紅《くれない》の祭服の肩には縞瑪瑙《しまめのう》の石が二つあって、それぞれイスラエル六部族の名が彫ってある。エリが日なたに立つと、石は炎のように輝く。サムエルはゆっくり眠りに落ちていく。

2

次の夜。ストラトフォードの少年はふたたび眠らずに横たわり、耳を澄ましている。自分の名前が聞こえると本気で思ってはいないが、万一そうなるときに備えて起きていたいのだ。チャンスを逃すのは嫌だ。プレジャービーチへ出かけてメリーゴーラウンドや〈ザ・ウィップ〉に乗るとか、何か大事なことがじきにあるとわかっているとき、少年はそれを毎分毎分、毎日毎日、もし一秒でも気をそらしたらそれが起きなくなってしまう恐れがあるかのように待つ。でもこれは違う。それが起きるとわかっているわけではない。まあたぶん起こらない。どうやってそんなことが起きるというのか。でもひょっとして、ひょっとするかもしれない。ぜひ考えないといけないのは、もし名前を呼ばれたらどう答えるかだ。物語の中では、サムエルは「僕《しもべ》聴くエホバ語りたまへ」と答えるようにと言われる。少年は想像してみる。「僕聴くエホバ語りたまへ」。何だか芝居に出てくる子供みたいだ。「はい?《イエス》」と言う方がいい。自分が父親に名前を呼ばれたらそう言うと思う。でも神は少年の父ではない。強い父以上に神は強い。むしろバーナム・アベニューの学校の前で、物騒な棍棒をベルトから垂らしている警官に近い。「イエス・サー」と、警官に名前を呼ばれたかのように答える方がいい。もし自分の名が聞こえたらそう言おう。「イエス・サー」。叫ぶのではない、言うのだ。彼を呼ぶ、闇の中の声。そう思うとまたわくわくしてくる。もう暗闇を怖がるほど幼くはないが、それでも怖いという気持ちはときどき訪れる。自分が五歳、妹が二歳だったころに二人でよくやった〈怖いぞゲーム〉をやるのはいまも楽しい。妹が暗い部屋に横たわって眠っているふりをし、彼が「ブゥゥゥゥゥおばけだぞぉこわいぞぉぉ。ブゥゥゥゥゥおばけだぞぉこわいぞぉぉ」。それから二人はゲラゲラ狂おしく、怯《おび》えたまま笑い出す。けれど闇の中の声には笑えない。もう魔女だ、幽霊だ、モンスターだのは卒業したはず、そんなのいやしない、なのに何でサムエルの物語なんかを怖がる？　ただのお話じゃないか。父さんに説明してもらったばかりだ。聖書はお話なのだ、『トゥートゥル』（汽車が主人公の絵本）や、『ドリトル先生航海記』と一緒だ。現実の汽車は線路を離れて蝶を追いかけたりしないし、両端に頭のあるオシツオサレツなんて動物は動物園に行ったっているわけないし、主は君の名を夜中に呼んだりはしない。物語とは起こりもしないことを語る。起こりうるけれど、起こらない。でも起こりうる。もし名前を呼ばれたらどうしよう？　そのときに居合わせたい。次はどうなるのか知りたい。主はサムエルに何と言ったか？　思い出せない。一番大切なところなのに、思い出せない。少年はいつだってそうだ。大事なことを思い出せない。王子さまが髪を伝って塔のてっぺんまでのぼったことは思い出せるのに、コネチカットの州都は思い出せない。ブリッジポートだっけ？　ブリッジポートの図書館には長い石の階段と高い柱がある。サムエルがシロの神殿で神に仕えていたと聞いてまず思い浮かべたのはそのことだ。神殿は教会とは違う。ユダヤ人は神殿に行きキリスト教徒は教会に行く。でもカトリック教徒はカトリック教会に行く。そうして図書館には誰もが行く。何だかくたびれてきた。裏庭の生垣でビリーが少年の方を向いて「お前、イエスを信じるか？」と訊いた。冷たい目をしていた。その問いに対する答えは二つある。ひとつは「信じない」。もうひとつは父親が言った言葉

――「イエスは立派な教師だった」。けれど少年はどちらを言う度胸もなく、うつむいた。ドアが開いて、廊下から足音が聞こえる。少年が眠らず横になって、自分の名が聞こえないか耳を澄ましていることを、両親は知っているのか？　バスルームのドアが開いて閉まるのが聞こえる。父親は時おり夜中も起きている。この部屋のドアを開けて、父が来るのを待ったら？　サムエルの話をしてよ。話してよ。夜の声の話をしてよ。その声が聞こえたら、物事は二度と元には戻らないだろう。少年はその思いを追い払う。明日は一家で車に乗って、シコースキーの飛行機工場の先のショートビーチまで行く。あそこでは水に入って砂洲まで歩いて行ける。

3

午前一時五十四分。神々が作家をとっちめている。一時間眠り、訳もなく目が覚め、狂人みたいに目を見開き、眠りが戻って来るのを待つ。重い体を一日ずっと引きずって、踏みつけられたカタツムリみたいにのろのろ歩く。薬は飲みたくない、頭がぼうっとしてしまうから。ぼわっとして、もわっとしてしまう。それだけか？　ごわっとして、ぞわっとして。のわっとして、おわっとして。鬼婆みたいににっとして。もうすっかり目が覚めてしまい、無駄なエネルギーがみなぎっている。昔はソネットをいくつもすらすら暗唱してみせたものだ。我が恋人の瞳、太陽とは似ても似つかぬ。三つのもの有りて速やかに栄え（それぞれシェークスピア、サー・ウォルター・ローリーのソネットの出だし）。いまじゃただ横になって、あれこれ考えるしかできない。遠くのこと、高校のこと、小学校のこと、ストラトフォードの部屋にいて夜の声が聞こえないかと耳を澄ます少年のこと。本当にそんなふうに起きたのか、それとも自分が尾鰭《おひれ》をつけているのか？　職業柄の習慣。いや違う、彼は横になって名前を呼ばれるのを待っていた。窓二つ。父親がミカン箱で作ってくれた本箱二つ。もうひとつの壁に接した、お祖母ちゃんが泊まりに来るときに妹が寝るベッド。ワシントンハイツに住んでいるお祖母ちゃんと、西一一〇丁目に住んでいるお祖母ちゃん。父さんのお母さんと、母さんのお母さん。まず片方が来て、それからもう片方、絶対一緒には来ない。ブリッジポート駅で汽車を待つ。黒っぽい色の長いベンチがあって、手回しで絵が動く機械が並んでいる。何とかスコープ。ハンドルを回して、絵を動かす。指の曲がった、トランプを持ってきてくれて髪をオレンジ色に染めてガチャガチャ鳴るブレスレットを一杯着けたお祖母ちゃんと、訛りがあって冷たい赤いサワークリーム入りスープを作るお祖母ちゃん。ミュートスコープだ。十九世紀に生まれた二人の女性、そんなの想像もつかない、一人はニューヨークで一人はミンスク、摩天楼より前、馬のない馬車より前、恐竜の絶滅より前。少年自身の母はロウワー・イーストサイド（かつて移民街だったマンハッタンの一画）でロシア系ユダヤ人の両親のもとで育った。母の父親は皇帝《ツァーリ》を逃れ、諸手を挙げてアメリカを受け入れ、最初の息子をエイブラハムと名づけリンカーンというミドルネームまで与えた。何か月かごとに一家を引き連れ新しいアパートに引っ越し、そのたびに家賃を踏み倒していった。息子たちにお店の客の応対をさせて自分はロシア語でドストエフスキーを読んでいたのよ、と母は言っていた。ストラトフォードの少年自身のブルックリンでの幼年期は、アルバムにみんな収められている。髪に花を挿した、プロスペクトパークのベンチに座っている可愛い母親。つば広の帽子をかぶって、水兵服を着た幼い息子と一緒にコニーアイランドの遊歩道に立っている可愛い母親。路面電車に乗っている二人。路面電車の線路、空の電線、架線《トロリー》ポールのてっぺんにある溝付きの車輪。忘れられた世界。見えない父親は露出計を掲げ、f数を調整し、二眼レフの磨《す》りガラスの覗き窓を見下ろしている。そのころストラトフォードは労働者階級の街だった。教授の給料でほかのどこに住める？ ガラス瓶に入った、毎朝裏口のポーチに配達された牛乳。イタリア人と東ヨーロッパ人、ジールスキーとストッカトーレとサクサとマンシーニ。リッチョの薬局。チッカレッリの空地。ラルフ・ポリターノ。トミー・パヴルヴチク。マリオ・レクピード。ユダヤ人って何？ ユダヤ人とはホーリーネーム教会の前で十字を切らない人。ユダヤ人とはみんなが外で野球をしている晴れた夏の朝に家にこもってピアノの練習をしている人。ショパンの夜想曲やワルツを弾く彼の母、ディーダダダ、ディーダダダ、彼に音階を教え、カウチの上で脚をたくし込んで本を読んでいる。階段のそばのマホガニーの本棚、暖炉のそばの二つの本棚。ある夜一家を乗せた車を家に向かって走らせる父。「見たか？ あの家、一冊の本もない！」。ユダヤ人って何？ ユダヤ人とは家に本がある人。神の存在を説く理論を、軽蔑に唇も歪めてこきおろす父。ユダヤ・コミュニティセンターには行くがバルミツバーはなし。毎年クリスマスにツリーは飾り、何本も枝のある燭台は一、二度。赤ん坊イエスはなし、マリア様も飼葉桶もなし。一年に一度マツォーの入った包み、大きなクラッカーみたいな。酵母の入っていない《アンリーヴンド》という奇妙な言葉（酵母を入れずに作る「マツォー」は元来「過ぎ越しの祭り」の前に食べる儀礼的な食べ物）。イースターエッグに色を塗り、仮庵《かりいお》の祭りでトウモロコシの茎と木の枝の屋根の下を歩き、中が空洞のボロボロ崩れるチョコレートのウサギにかぶりつき、ミンスクから来たお祖母ちゃんのために〈命日の蠟燭〉を灯して。ユダヤ人って何？ ユダヤ人とはイースターのことを、ウサギを祝う祭日だと思っている人（イースターはキリストの復活を祝う日）。彼の母は小学校一年の担任で、父は大学の先生で。指の曲がったお祖母ちゃんは昔ピアノの先生だった。一家みんなで教えまくって。笛をトゥートゥー吹く先生《チューター》、子供二人《トゥー・トゥーターズ》に笛教え（よく知られた早口言葉）。ユダヤ人って何？ ユダヤ人とは教える家系の人。ブリッジポートの団地に住むアーリーンが、学校から帰ってきた彼を毎日優しく見守ってくれた。街なかで聞こえた戯歌《ざれうた》――イーニー、ミーニー、マイニー、モー、ニガーの足指つかまえろ《キャッチ・ア・ニガー・バイ・ザ・トー》。父は真顔で、静かな声で、口にぎゅっと力を入れて言う。「人々はその言葉を使うが、この家では使わない。ひどい言葉だ」。ニグロ――これなら敬意の言葉。他人に敬意を持て。彼の属していた、全員ユダヤ人のカブスカウト団。「わざわざ厄介事を起こすものじゃない」スカウトマスターは言った。「でも『ユダ公《カイク》』と呼ばれて黙っていちゃいけない」。この家では使わない。新しい言葉――カイク。彼は想像してみた。カイク。ヘイ、カイク！　殴っちまえ、殺しちまえ。彼は本当に毎夜、自分の名が聞こえないかと眠らず横になっていたのか？　子供だったサムエル。服従の物語。サウルの欠点は不服従。アマレクの王の腹に剣を突き刺すサムエル（元来神はアマレクを滅ぼすようサウルに命じたがサウルはこれを拒んだ）。夜に名前を呼ばれたらそうなるのだ。正義の人生、烈しい倫理の人生。彼の父と、サムエル、似たもの同士。サムエル――「汝は邪曲《よこしま》なり」。彼の父――「君は無知だ」。特別なセクト――ユダヤ人無神論者。十三番目の部族（旧約聖書でイスラエルの民は十二部族に分かれている）。そして君は？　君は誰だ？　私は夜に名を呼ばれなかった者。

1

声がふたたび呼ぶ。今回サムエルはためらわない。脚を横に振ってベッドから降り、闇の中を抜けてエリの許へ飛んでいく。「汝われをよぶ我こゝにあり」ともどかしい思いで叫ぶ。エリは仰向けに横たわっていて、目は閉じられ、両手を胸の上で組んでいる。突然、エリは肱をついて身を起こし、探るような目でサムエルの顔を見る。サムエルは憤り、不安、期待を感じる。どうなっているのか？何かが起ころうとしている。それが何なのかわからない。大祭司の長い手がサムエルの腕に触れる。サムエルは突然二つのことを理解する。エリが呼んだのではないということ、誰が呼んだのかエリはわかっているということ。サムエルはわかっているか？ ほとんどわかっている。わかっているが、わかっていると自覚する勇気が出ない。だがいまエリが喋っている、サムエルの名を呼んだのが誰なのかを告げている。それは主、エホバだ。「故にエリ、サムエルにいひけるはゆきて寝《いね》よ彼若《も》し汝をよばゝ僕《しもべ》聴くエホバ語りたまへといへと」。探るような目、腕に触れた手。もうこれ以上訊いてはならないことをサムエルは理解する。寝床に戻って、目を開けたまま仰向けに横たわる。両耳で聞きたいのだ。片手は胸郭に押しあてている。心臓が拳骨のように骨の内側を叩く。もし自分の名がふたたび呼ばれなかったら？ エリは「彼若し汝をよばゝ」と言った。これまで三回呼ばれたのに、答え損ねた。わかっているべきだったのか？ わかっていた、ほとんどわかっていた、いまにもわかるところだった。いまはもうわかっている。わからないのは、声がふたたび聞こえるかどうかだ。もし二度と呼ばれなかったら、決して自分を許せないだろう。そして、もし呼ばれたら？ そうしたら？ 何と言うのか？　おい、覚えてないのか？　僕聴くエホバ語りたまへ。僕聴くエホバ語りたまへ。神殿の大祭司エリを、初めて見たときのことを思い出す。逞しい人物で、祭服の両肩で宝石がキラキラ光っていた。両脚は高い石造りの円柱のようだった。手は油壺の大きさ。いまエリはあごひげも白く、眠っている最中にぶつぶつ呟く。厄介な息子たち、抑制できない邪悪な息子たち。落着くんだ。震えるのはよせ。耳を澄ませ。

2

三日目の夜。ストラトフォードの少年はいまだ自分の名前を聞いていない。だいたい、本気で耳を澄ましてるわけじゃないよね？　一度聞こえた気がした――遠くで呼ぶ声がして、一瞬そうだと思ったけれど、猫の叫びか何かだった。もはや何が聞こえるとも期待していない。ならばなぜ、まだ待っているのか？　いまではそこに、意地も混じっている。これだけ長く待ったのだから、もうしばらく待ってみよう、と。でもそういうことじゃない。じゃあどういうことかというと、夜の声が訪れるとは信じていないけれど、そうやって自分が信じないのだと思うと、何とも不安な気持ちになるのだ。もし信じているとしたら、それはそれで、同じくらい不安な気持ちになるだろうが。声が訪れなければ、それはつまり、自分が選ばれていないということだ。少年は選ばれるのが好きなのだ。校内スペリング・コンテストでもクラス代表に選ばれた。スペリングなんて簡単だ。綴りなんてどうやったら間違えられるのか訊きたいくらいだけど、でもやっぱり選ばれるのは気持ちがいい。運動はそんなに得意じゃなくて、キックボールを蹴る力もたいていの子より弱く、一塁に出られればラッキー。そんなこと起きないだろうけれど、夜の声に呼ばれたい。あんな昔の話なんてどれも信じない。王子さまが髪の毛をのぼる話とか、棘がのびてお城を覆う話とか、全然信じないんだから、どうして夜の声の話は信じるのか？　父さんはそういう話を信じない。父さんは神の存在を信じない。でも少年が訊いてみたら、怒った顔にはならず、真剣な、静かな顔になった。そういうことは大きくなったら、そのとき自分で考えて自分で決めないといけないと言われた。大きくなったらってどれくらい大きくなったらだろう。そのときってどのとき？　いま声が聞こえたら、わかるだろう。でも実はもうわかっている。声が聞こえてこないことはわかっている。僕が選ばれる理由なんてない。僕はサムエルなんかじゃない。スペリングが得意な男の子だ。両手でピアノを弾き、ジョージ・ワシントンをめぐる詩が書けて、カワセミやハゴロモガラスの絵が描ける。でもサムエルは日の出に神殿の扉を開け、ランプが一晩じゅう燃えているよう油を満たす。車が通り過ぎる音が下から聞こえる。少年の家の庭と隣の空地の前を車は通り、二本の光が天井を滑って、今度は川の近くのパン屋の前を通る、あのパン屋は大好きだ、焼きたてのライ麦パンの匂いがして、人形《ひとがた》のショウガ入りクッキー、レーズン入りマフィン、今度は丘を上っていく、タイヤの音がする、今年の夏の初めは公園の滝もあんな音だった、丘を越えてブリッジポートへ向かう。少年は自分が老いた気がする、エリよりずっと、ずっと老いた気がして、もう一度若くなりたい、子供になりたい。あんな馬鹿な話など聞かなければよかったのに。シーッ。もう寝るんだ。

3

別の夜、別の目覚め。よい兆候ではない。六十八歳にして、不眠症による死。すべてサムエルのせいだ。サムエルのせいで、グウグウいびきをかいて眠っているべきときに誰もが起きている。ストラトフォードの少年は七歳にして、すでにとことん戦っている。高校に上がるころには、週に一度教会に通う連中が許せなくなっている。司祭か、無神論者か、どっちか選べ。フェアフィールド、海辺の町への引越し、プロテスタントの教会がどっさり。長老派、第一会衆派、監督派。ローパー。ウォレン。ケーン（いずれもプロテスタントに多い名前）。ビーチクラブはユダヤ人入会不可。誰がビーチクラブなんて入りたい？　神の存在を擁護する議論五つと、その反証を読む。存在論上の議論。目的論上の議論。夜に海水浴場を歩く、人のいない監視員スタンド、ロングアイランドの光。友人を挑発する——何で教会へ行く？　なぜ日曜日だけ？　自分の態度は決まっている。つねにする、か、絶対にしない、か。もし声に名前を呼ばれたら、もう一方の生活は終わる。戻れはしない。それ以下だったら、失礼、ケチャップ取っていただけますか。十五歳になるころにはもう宗教に見切りをつけた、子供のころの野球の本と同じに。悔いはない。ぴっちりしたスカートの女の子たちがロッカーの上の方に手をのばし、ぴっちりしたブラウスの女の子たちが教科書を胸に抱え腰を揺らして廊下を歩いていく。触らせて！　見せて！　中学校のそばの通りに面した友人の家が売りに出ている。「あの家、ユダヤ人には絶対売らないよ」「どうして？」「ユダヤ人って、ああだから」「ああって？」「界隈を占領するんだよ」「僕もユダヤ人なんだけど」「あ、君はさ、そういうユダヤ人じゃないから」。十一歳のときに父と交わした言葉——

「日曜学校なんて何もしないんだよ。ゲームやって、だらだらするだけ。もう行きたくない」。父は口からパイプを取り出し、重々しい顔で少年を見て、「行かなくていい」。反対を、非難の表情を少年は覚悟していた。みんなエホバのせいだ。夜に名前を呼んでくれたってよかったのに。ストラトフォードの少年、耳を澄ましている。そのころからすでに、どこか極端なところのある気質。内気で極端。意地っ張り。あんたが僕の名前呼ばないんなら、僕もあんたの名前呼ばない。それでおあいこ。サムエルとサウル王ではなくドリトル先生とペーコス・ビル（カウボーイ物語の主人公）。行かなくていい。近所の人たちは教会に行き、わが家は家にいて本を読む。高校のとき、教えるのは好きかと父親に訊いたことがある。一瞬の間《ま》、重々しい表情、一心に集中している様子。「百万長者だったら、金を払って、教える特権を手に入れるね」。何か大切なことを聞いたのだと息子にはわかる。心を動かされ、父を誇りに思い、羨ましく思う。僕もいつの日かそう言いたい、と息子は考える。世にこれを天職《コーリング》と呼ぶ。サムエルへの夜の呼び声《コール》。父の天職《コーリング》。眠らずに横になっていろんなことを思い出している。水着姿で、タオルを首に巻き、都会から遊びに来た両親の友人たちと一緒に、フェアフィールドの海水浴場まで歩いていく。長い黒髪にぴっちりした白いワンピースのジェイニーが、ランチハウスの並ぶ街路に向けて腕を振る——「郊外《サバービア》」。からかうような、見下した声。コネチカットを見下すニューヨーク。ニューヨークを出たユダヤ人たち。部族を捨てて。いつもニューヨークとつながっていた。ブルックリン、クリントンとジョラルモンの四つ角での四年間、西一一〇丁目のお祖母ちゃんとワシントンハイツのお祖母ちゃん、ロウワー・イーストサイドで育った母さん、アッパー・ウェストサイドで育った父さん。子供のころのニューヨーク行き、メリット・パークウェイの石橋。巨大な魚の骨みたいな恐竜の骨格がある自然史博物館、ランチは自動販売機食堂《オートマット》――小さなガラスの窓が並んで、中にサンドイッチ。ホーン&ハーダート（オートマットを数多く経営していた会社）。オバーリンから先に、有利な条件の入学許可が届くが、彼はコロンビアを選ぶ（オバーリンはオハイオ州にある、コロンビアはニューヨークにある大学）。ジョン・ジェイ・ホール（コロンビア大学の学生寮のひとつ）の八階を歩き、閉じたドアの向こうから聞こえてくるバイオリンとチェロの胸躍る響き、練習中の善良なるユダヤ系の若者たち。ワインガーテンだったか、それともマリノフか、「君、どういう種類のユダヤ人だ？」。サバービアから来たユダヤ人。何でもないユダヤ人、宗教に興味のないユダヤ人、ユダヤ人っぽくないユダヤ人。バルミツバーをしないユダヤ人、鼻に出っぱりのないユダヤ人。のちに彼は消極的ユダヤ人《ザ・ネガティブ・ジュー》という概念を考案する。消極的ユダヤ人とは、ほかのユダヤ人から「君、ユダヤ人に見えないな」と言われるユダヤ人。消極的ユダヤ人とは、ほかのユダヤ人に向かって「僕はユダヤ教を迷信として退ける」と言い、ユダヤ人を排斥する人に向かっては「僕にはユダヤの血が流れています」と言うユダヤ人。消極的ユダヤ人とは、家畜列車に入れられる最中に「僕はユダヤ教を信じない」と言うユダヤ人。ヒトラー、物事をとことんはっきりさせた人物。父のドイツ系ユダヤ人の学者仲間、ドクター・何だっけ、ドイツの大学にいち早く入学を許可された女性の一人で、カントに、ドイツ的なものすべてに情熱を抱いていた。一九三九年まで逃げずにとどまった。すべてポーランドのユダヤ人のせいだと言っていた。「あの人たちのおかげで、ユダヤ人の印象が悪くなったのよ」。夜眠らずに横になっているストラトフォードの少年。どういう感じだったか、思い出すのは難しい。遊び、だったのか？　魔女のことを考えて怖くなり、エホバのことを考えて怖くなる。愉しい戦慄。いろんな古い話、ワクワクするのも恐ろしいのも。夜の声、二つに分かれる紅海、檻に入れられたヘンゼル、笛吹き男のあとについて山へ入っていく子供たち。『ハムレット』も『オイディプス王』も、小さいころ触れた悪夢の物語の弱々しい反映でしかない。すべてつながっている。サウルのために竪琴を奏でるダビデ、ピアノを練習するストラトフォードの少年、閉じたドアの向こうのチェロとバイオリン。自分の名前が聞こえないかと耳を澄ます少年、インスピレーションが湧いてくるのを待つ男。アイデアってどういうふうに得るんですか？　夜の声。いつ作家になろうと決めたんですか？　三千年前、シロの神殿で。

1

かくしてエホバ来りて立ちまへの如くサムエル、サムエルとよびたまへり。「立ち」の意味については注解者たちのあいだで意見が分かれている。サムエルの前に主が肉体的存在として現われるのだと考える者。主が肉体の形をとることは決してなく、あくまで声が前より近づいてきたので闇のなか人が寄ってきたように感じられたのだと説く者。後者の議論の一バージョンでは、少年が声を聞き、かたわらに立つ人の姿を想像する。まあこうしたことは学者に任せておけばいい、と作家は考える。重要なのは、主の声がサムエルの名を呼ぶことだ。エリはあくまで、「彼若し汝を呼ば﹆」と言った。それまで三度呼んで、答えを受け取らなかった声が、もう一度呼ぶという保証はどこにもなかったのだ。それがいま、少年サムエルは四度目となる声を聞き、誰が呼んでいるのかもいまはわかっている。なぜ主が呼んでいるのかはまだわからないが、どう答えたらいいかはわかっている。エリにはっきり教えられたのだ、「僕《しもべ》聴くエホバ語りたまへ」。サムエルは抗う。言葉は出てこようとしない。が、やがて声に出す、「僕聴く語りたまへ」。闇の中でははっきり自分の言葉が聞こえる。「僕聴く語りたまへ」。間違いない。「エホバ語りたまへ」と言うよう指示されたのに、「語りたまへ」としか言わなかったのだ。聖なる名を口にするのがそんなに怖かったのか？　自責の念が湧いてくるのがわかるが、気を取り直し、じっと耳を澄ますよう己に言い聞かせる。動かず横たわり、全身気を張って、烈しく落着いている。幼いころからずっとシロの神殿で仕えてきたが、この瞬間の準備になるようなことは何ひとつなかった。主が何と言うか、想像しようとはしないが、一語一語、発された順番に覚えておくよう態勢を整える。エリは目覚めていて、隣の寝室で待っている。主が何と言ったか、エリに訊かれるだろう。主の声は力強いが、それがエリには聞こえないこと、それも遠すぎて聞こえないのではないことがサムエルにはわかっている。声はサムエル一人のためのものなのだ。そのことがサムエルには、何の傲慢さもなしにわかっている。そして彼はきっと覚えているだろう。記憶力は自慢なのだ、自慢が自惚《うぬぼ》れにならぬよう気をつけているが。読んでもらった言葉、耳にした言葉、一語残らず彼の中に変わらず残っている。前からずっとそうだった。いま主は語り、サムエルは聴く。世界にはその言葉以外何もない。それは苛酷な言葉だ。エリの家はその邪悪さゆえに裁かれるであろう。エリの息子たちは邪でありエリは彼らを抑えていない。ゆえに主は、エリの家に関して言ったことをすべて為すであろう。エリの息子たちはみな同じ日に死ぬであろう。エリの家は途絶えるであろう。主が去ると、雷のあとのような静寂が広がる。サムエルは闇の中で眠らずに横たわっている。闇がいっそう暗くなったように思える。主が海原の上を動く前に広がっていた闇（「創世記」一章二節「黒暗《やみ》淵《わだ》の面《おもて》にあり神の霊《れい》水の面を覆ひたり」への言及）のごとく暗くなったように彼には思える。その言葉は風のように彼を揺さぶった。エリが寝室で横たわり、主が何と言ったかサムエルが語るのを待っているのが彼には感じられる。だがサムエルは、寝床を出てエリの寝室へ行く気になれない。もしエリの方から訊いてきたら――そしてエリはきっと訊いてくるだろう――真実を告げるだろうが、命じられないうちから真実を語りたくない。サムエルは長いあいだ闇の中で横たわり、主の声が聞こえないか、エリの声が聞こえないか耳を澄ますが、あたりは静まりかえっている。闇はより暗くなくなったのか？　より暗くなくなっても、闇は依然闇でいられるのか？　闇が明るくなってきている。じきに神殿の扉を開ける時間だろう。主が何と言ったかエリは訊ね、恐ろしい言葉をサムエルは伝えるだろう。物事はもう二度と元に戻らないことがサムエルにはわかる。そしていま、闇がいまだ闇らしさを失わぬまま薄れていくなか、サムエルは寝床に横になっていたい、あたかも永遠に子供でいられるかのように。横になっていたい、夜に名など呼ばれなかったかのように。

2

いまは四日目の夜。このころにはもう、自分の名前が聞こえることは絶対ないとストラトフォードの少年にはわかる。それでも少年は眠らずにいて、万一自分が間違っている場合に備えて依然耳を澄ます、べつに害があるわけじゃなし、と思うものの同時に、そこに横になって待っている自分を笑いもする、まだ待ってるのかよ、それも何を？　自分の名前？　そんなの本の中の物語だろ。ランプの中から魔神が飛び出すのを待つのと変わらない。たとえ物語にすぎなくはないとしても、何で主がお前の名前を呼ぶ？　サムエルは神殿の大祭司の侍者だった、サムエルはもうすでに主に贔屓《ひいき》されていた。ストラトフォードの少年は日曜日にユダヤ・コミュニティセンターで二時間過ごし、ヘブライ語の授業には出ない。ホーリーネーム教会の前で十字を切りもしないが、クリスマスは冬で一番大事な日として楽しみにしている。ツリーに十字架や天使を飾りはしないし、家の表の芝生でマリア様の像が点滅したりもしないが、それでも靴下は用意するし、ツリーには色つきライト、キラキラのモールがあり、プレゼントは高く積まれる。クリスマス――一年の終わりを祝う祭日。ローシュハッシャナ――彼には発音もできない、思い出せない何かを祝う祭日（ローシュハッシャナはユダヤ教の新年祭で、もっとも重要な祭日のひとつ）。主が、もしかりに天にいるとしたって、彼の名前を呼ぶはずがない。それでべつに構わない。名前なんか呼ばれたくない。名前なぞ呼ばれたら、すべては変わってしまう。週七日日曜学校に行くようになるみたいなものだろう。いまのままの方がいい。裏庭でのフライ取りやゴロベース、ショートビーチの熱い砂の上を歩き、独立記念日には花火、冬は暖炉の前に座って本を読み父さんはカウチの一方の端でレポートを採点し母さんはもう一方の端で本を読み、誕生日パーティ、妹に『ふしぎな５００のぼうし』を読んで聞かせ、リーナお祖母ちゃんと二人ソリティアをやり、父さんの暗室で白黒の絵が現像トレーの中の白い紙に浮かび上がるのを見守り、プレジャービーチでボートをゆっくり漕いで風車小屋を通り抜ける。家族の許を離れたくないし、裏庭が見下ろせる二つの窓がある自分の部屋を離れたくない、居間には大きなレコードプレーヤーがあって妹と二人で『ピーターと狼』を聴く。母さんがある日彼を見て、彼に触れ、目を輝かせる、「ああ、あたしが初めて産んだ子」。彼の質問にすべて、ほかに大事なことなど何ひとつないかのように真剣に答えてくれる父さん。死んだらどうなるのか？　神とは？　この世で一番大切なことは？　シロの神殿と引き換えにすべてを捨てる気なんかない。あと何週間かで学校が始まるが、まだ夏はたっぷり残っている、川辺のピクニック、ブリッジポートへのドライブ、モローズ・ナットハウスでの焼けたローストナッツの匂い、リード百貨店の栗色の上着に白い手袋のエレベータ係、プリンズ模型店のウィンドウに飾られた索具も揃った木の船。サムエルなんてもう終わりだ、夜の声なんて終わりだ、でもいまは、眠りがやって来るのを感じながら、念のため最後にもう一度だけ耳を澄ます、耳をそばだてる、息を殺して、あの昔の物語で、ただの物語だとわかってはいるけれどどれだけ頑張っても決して忘れないこともわかっている物語でサムエルに訪れた声がしないかと耳を澄ます。

3

またか。いい加減にしてほしい。でもまあ、明るい面を見ようじゃないか。午前四時、一時間じゃなく三時間寝た。不眠症を出し抜こうと、夕食後に一時間以上散歩した。一時間歩いて、四時に起きる。二時間歩いて、五時に起きる。三時間歩いて、六時に起きる。四時間歩いて、心臓発作でバッタリ死ぬ。たるんだ腕の父親の、筋肉のついたふくらはぎ。シティカレッジの学生だった一九二〇年代後半、マンハッタンじゅう、ハーレムからバタリーまで父は歩いた。安全だった街。ストラトフォードの少年はカナーン・ロードを歩いてホワイトウォーク・マーケットまで行き、フランクリン・アベニューとコリンズ・ストリートとホーリーネーム教会の前を通る道を歩いて学校に通った。前腕みたいに痩せたふくらはぎ。毎朝ブリッジポートまでのバスに乗るためバス停まで一キロ半の道を歩いた父親。少年が二年生になるまで家に車はなかった。都会の人間は車なんか乗らない。五年生までテレビもなかった。テレビは本を読まない人のためのもの。界隈で一番最後だった。マンハッタンからエアキング社製、十インチ画面の箱を持ち帰ってピアノの横のテーブルに据えた。白黒アニメの熱っぽい楽しさ。チェルニーの練習曲と農夫アルファルファ。モーツァルトとマイティマウス。母親がシューマンを弾いて、彼と一緒に『陽気な郵便配達』を観て笑っている。厳めしい顔の父親が、スクルージ・マクダックの漫画本の上にかがみ込み、マニー・ビンの飛び込み台を讃えている（「マニー・ビン」はスクルージが金を入れておく建物で、スクルージはその金の中に飛び込むのが何より楽しみ）。『トゥートゥル』を彼に読んで聞かせ、最初の一文がいかに素晴らしいかを語る。「はるか遠く、あらゆるところの西に、ロウワー・トレインスイッチの村があるのです」。はるか遠く、あらゆるところの西に。父は言った。「すべての文学の中で、偉大な書き出しが三つある。一つ目は『元始《はじめ》に神天地を創造《つくり》たまへり』（「創世記」の書き出し）。二つ目は『俺をイシュメールと呼んでくれ』（メルヴィル『白鯨』の書き出し）。三つ目は『はるか遠く、あらゆるところの西に、ロウワー・トレインスイッチの村があるのです』だ」。真剣で、笑える父親。顔をよく見ていないといけない。鯨の本。本棚のどこにそれがあるかは知っているし、手に持って、大きくなったら、と思ったこともある。鯨、神、大きくなったら。本、いつも本。十歳。アイゼンハワーを罵倒する父。「あの男は一冊の本も開かない！」。コロンビア卒業後のスペイン旅行。片道切符、二つの鞄。ひとつは服、ひとつは本。ストラトフォードの少年は本の中の物語のせいで夜眠らずに横たわっている。物語とは？　夜の悪魔。彼は少年を護ってやりたい、手遅れにならないうちに警告したい。物語の言うことなんか聞くな！　夜は眠れなくなるし、血を吸い取られて、肌には歯形が残る。眠らせてやれ！　生きさせてやれ！　ニューヨーク育ちユダヤ系の両親が労働者の町ストラトフォードで、本とピアノとともに暮らす。手を使って仕事しない大学教授。ジョーイの父さんはヘリコプター工場の機械工だし、マイクの父さんは生垣の向こうの空地に自分で家を建てた大工さん。ジョーイが喧嘩腰に彼の方を向いて、「お前の父ちゃん、車輪作れる？」。庭で仕事をしている日焼けしたイタリア系の老人たち。ジミー・ストッカトーレの家の高い塀一面に這っているブドウの蔓《つる》、手にずしりと重い紫色のブドウの房。チッカレッリ爺さんが子供たちを自分の土地から追い出している。イーニー・ミーニー・マイニー・モー、トラの足指つかまえろ。この家では使わない。ユダヤ・ボーイスカウト部隊。彼はそこで縮め結び《シープシャンク》を覚えたが毒ウルシはどうしても見分けられるようになれなかった。日曜学校の劇でイエスを演じるのを拒んだ。クラウス先生の愕然とした表情。「いったいなぜ？」「イエスはユダヤ人を裏切ったから」。先生の戸惑い、恐怖。「先生はそんなこと教えてませんよ！」。父親――「イエスは一流の教師だった」。六十年後、夜眠らずに、記憶に翻弄されて。ラプンツェル！　ラプンツェル！　髪を下ろしなよ。エホバ来りて立ちまへの如くサムエル、サムエルとよびたまへり。耳を澄ますストラトフォードの少年。ありがとう、天のお爺さん、僕の名前を呼ばないでくれて。その方がみんなのため。まさか本気で信じたわけじゃないよな？　一人で興奮して、つかのま半分信じるところまで盛り上がっただけ。ひとつの可能性――闇の中の幽霊。シロの神殿になんか近づかない方がいい、ストラトフォードの緑の裏庭へ遊びに行った方がいい、一家の遠出と本棚から成る世界で育つ方がいい、どのみちやがて書きたいという熱に囚われて生涯その虜になるんだから。天職《コーリング》。サムエルの聞いた呼び声とは違う。それとは別の、呼ばれ方。サムエルは神に仕え、教師である彼の父親は幾世代かの生徒たちに仕えた。そして息子は？　彼はどうなのか？　はるか遠く、あらゆるところの西で、文学の女神に仕えて。ありがとう、海を分けた人、僕を放っておいてくれて。もう疲れたよ。じきに私たちはみな眠る。

訳者あとがき

この翻訳書に入っている短篇八篇は、アメリカで二〇一五年に刊行された短篇集 *Voices in the Night* に収められた十六短篇のうちの八篇である。ほかの八篇は、昨年短篇集『ホーム・ラン』として白水社から刊行した。『ホーム・ラン』訳者あとがきでご説明したとおり、「短篇集」一冊の感覚がアメリカと日本ではかなり違うことを考慮し、著者の了解も得て、一冊の原書を二冊に分けて刊行することにしたのである。

一九八八年にこの人の作品を訳しはじめたときには、知る人ぞ知る作家という観があったが、現在では間違いなくアメリカを代表する（しかし独特で、誰とも似ていない）短篇作家であるスティーヴン・ミルハウザーの短篇集六冊を、これですべて訳したことになり、訳者としてひとまず任を果たせたかと思う。もっともミルハウザー氏は、その後もいろいろな雑誌に新作を発表しており、いずれ遠からぬ時期に次の短篇集が刊行されるだろう（されてほしい）が……。

さて、緻密な細部と大胆な空想が絡みあった作風、ここではないどこかを希求しつづけるアメリカ的焦燥への共感と皮肉両方を含んだ視線、既存の物語や文学を素材に新たな文学作品を作り出すいわば「偽物の偽物」的手法、等々ミルハウザー文学の特徴については、これまで十一冊の訳書（短篇集六冊、中篇集二冊、中篇一冊、長篇二冊）のあとがきでもいろいろな形で触れてきたので、今回は少し趣向を変えて、この本に収められた作品一つひとつに触れながら、ミルハウザー文学全体も紹介するように努めようと思う。せっかくなので本書『夜の声』収録作のみならず、昨年出した『ホーム・ラン』収録作品も同様に、原書 *Voices in the Night* の収録順で論じることにして、原書を通読するのがどういう感じかもある程度お伝えできればと思う。

ミラクル・ポリッシュ（Miracle Polish）H（＝『ホーム・ラン』収録）

それを使って鏡を磨くと、いつもとは違う自分が見える（らしい）魔法の磨き薬の話。ミルハウザーにおいて鏡は意外にもそれほど大きな要素ではない。ポーと同じで、ある意味ではつねに鏡の中の世界を描いているようなところがあるからか。もっとも、大作長篇 *From the Realm of Morpheus*（1986; 未訳）には、鏡が「黄金時代」「銀の時代」「青銅の時代」「鉄の時代」を経るという挿話が盛り込まれている。要約すればそれは、鏡がひたすら美しいもののみを映していた時代／醜い邪悪な像も映すようになった時代／ありもしない幻を映して人を惑わせた時代／冷酷な事実のみを客観的に映すようになった時代という変遷である。

私たちの町の幽霊（Phantoms）V（＝本書『夜の声』収録）

邦題のとおり、私たちの町にいる（と、とりあえず言っていいのであろう）幽霊たちの話。このように、何かが私たちの町をよそとは違ったものにしている、というモチーフをミルハウザーは好む。もちろん、そういう特異な共同体の物語を通して、あらゆる共同体に共通する不可解さや不気味さが浮き彫りになるのだが。

また、こうした「私たちの町の物語」は多くの場合、いくつもの細かいセクションに分かれた短篇という形を取ることが多い。この「私たちの町の幽霊」以外にも、「バーナム博物館」（『バーナム博物館』所収）「夜の姉妹団」（『ナイフ投げ師』所収）「平手打ち」（『私たち異者は』所収）などの作品がこの範疇に入る。町に存在する多様な意見や視点を反映するには好都合な形式にちがいない。

幽霊が登場する作品としては、「私たち異者は」（『私たち異者は』所収）が代表格である。何しろ幽霊の視点から、かなり長めの物語が語られるのだ。ghosts という言葉は避けられ、others という語が用いられるが、にもかかわらず大方の幽霊のように人間から見た異者（others）として幽霊が語られるのではなく、屈折や苦悩や恍惚を抱えた主体としての幽霊が前面に出ているところが作品の妙。

息子たちと母親たち（Sons and Mothers）H

雑誌『MONKEY』に掲載した際、松浦寿輝さんが『朝日新聞』の文芸時評で紹介してくださった。絶妙な要約なので、ここに引用させていただく。「久しぶりに実家に帰宅した息子が、重篤な認知症の症状を呈している独り暮らしの母親を発見する。優しい情愛と、それと裏腹の冷淡さとがとりとめなく交替し、奇妙な非現実感が全体をうっすらと覆う」

タイトルの息子も母親も複数になっているのは、こういう息子と母親の関係はそこらじゅうにあるのではないか、という示唆ともとれるが、まずはD・H・ロレンスの *Sons and Lovers*（邦題『息子と恋人』）のエコーを聞きとるべきか。

マーメイド・フィーバー（Mermaid Fever）V

人魚の死体が町に出現し、まさに「フィーバー」としか言いようがない人魚熱が町を包む。NPR（全米公共放送）のインタビューで、この短篇を要約するよう求められて、作者ミルハウザーはこのように答えている。「人魚がコネチカットの小さな町の海岸に打ち上げられ、はじめは人魚ではないのではないかと疑われる。科学的検査がなされ、本当に人魚だと確認される。人々がやってきてそれを眺める。物語は、この奇妙な、非現実的な、にもかかわらず科学的に是認された生き物の及ぼす影響を考察している——ただ単にそこに横たわっている、死んだ、人魚と確認された人魚の及ぼす影響を」

人魚の「及ぼす影響を考察している」というところがポイントだろう。ミルハウザーはこの人魚がどういう具体的意味合いで本当に人魚なのか、という問題にはさして興味がない。「これは本物の人魚だ」と言われたとき人々がどう反応するかが彼の関心事なのである。

妻と泥棒（The Wife and the Thief）V

十七世紀フランスの寓話作家ジャン・ド・ラ・フォンテーヌの「夫と妻と泥棒」を意識しているだろうか。ラ・フォンテーヌの寓話では、夫に対する妻の愛情はすっかり冷めてしまっているが、泥棒が入ってきた怖さに、妻は夫の胸に飛びこみ、夫は妻の愛情を取り戻せたことに感謝して、なんでも好きなものを持っていってくれ、と泥棒に言う。階下に泥棒の足音を聞きつけた（という気がしている）ミルハウザー短篇の妻は、さてどう反応するか……。

私たちの町で生じた最近の混乱に関する報告（A Report on Our Recent Troubles）H

自殺熱がある町を襲い、「黒薔薇団《ブラック・ローズ》」「青菖蒲団《ブルー・アイリス》」といった特定の流儀で自殺を企てる秘密組織も出現し……このように、何か異様な熱情が町を襲う物語をミルハウザーは近年好んで書いている（住民がみんな高いところへ上がろうとする"Summer of the Ladders"〔*Zoetrope* 掲載〕、住宅と庭を自然化するのが大流行する"Green"〔*A Public Space* 掲載〕など）。

一方、自殺への誘惑は、デビュー長篇『エドウィン・マルハウス』、第二長篇『ある夢想者の肖像』といったミルハウザー初期作品に顕著だったモチーフである。作者自身、死に恋しているのではないかと思えた当時に較べれば、ここではその衝動を外から冷静に眺められるようになっているように見える。もちろん、他人の心の中で本当に何が起きているのか、わかりはしないが。

近日開店（Coming Soon）V

ここでもある種の熱情が町を包む。自殺願望の代わりに、開発熱が人々に取り憑く。個人的な話で恐縮だが、友人に車で案内してもらって、町全体がお洒落で洗練された空間になりつつある東海岸の小さな町を回ったことがある。カフェの前に置かれた仕切りまで、この短篇に書いてあることはすべて見たことがあるような気がする……力業というべき結末まで現実に見たとは言わないが、少なくとも夢で見たことはあるような気がする。というわけで個人的には異様なリアリティを獲得してしまっている一作である。

現代の消費主義を描いた作品としてはほかに、町ごとひとつの企業に占有されてしまう（かなり現実味のある）事態を描いた「The Next Thing」がある（『私たち異者は』所収）。

ラプンツェル（Rapunzel）V

有名なおとぎばなしや寓話の前提をほぼそのまま用いて、そこから物語を膨らませていくという手法をミルハウザーはしばしば用いるが、この「ラプンツェル」はその典型である。この作者ならではの緻密な描き込みによって、よく知った物語がどれだけ現実味を帯びるかに加えて、よく知った展開からどれだけ逸脱するか、しないか、を見届けるのも読む上での大きな楽しみとなる。

よく知られた物語の語り直しとしてはほかに、「シンバッド第八の航海」「アリスは、落ちながら」（いずれも『バーナム博物館』所収）「塔」（バベルの塔の語り直し、『十三の物語』所収）「木に登る王」（トリスタンとイゾルデの語り直し、『木に登る王』所収）「ガイドツアー」（ハーメルンの笛吹き男の語り直し、単行本未収録）などがある。

Elsewhere（Elsewhere）H

これもある種の熱情が町を包む物語だが、「私たちの町で生じた最近の混乱に関する報告」では自殺願望という熱情があまりのあからさまさゆえに奇妙な非現実感を生んでいたのに対し、この短篇では逆に、目の前に「ほかの場所」（elsewhere）に属す何か空気のようなものがふっと現われる（のかもしれない）という微妙な設定が不思議な現実感につながっていて、いわばこのパターンにおける応用編という観がある。「トンネル掘り」「屋根住みびと」といった人々が出現するといったあたりは、要約だけ聞くと荒唐無稽な妄想に聞こえるかもしれないが、この作者の緻密な細部の積み重ねの中で読むと、妙に生々しい作中現実として迫ってくる。

十三人の妻（Thirteen Wives）H

一人の夫が十二人の、それぞれまったく違った妻と結ぶ関係を描いていくことを通して、作者は夫婦関係の、ひいては人間関係全体の複雑さ、多様さを表現しているのである、と論じることもまあ可能なのだろうが、まずはほら話としての面白さを享受すればいいと思う。

アルカディア（Arcadia）H

介護付きホームのパンフレットの体裁をとった作品。アルカディアといえば牧歌的な理想郷を指すが、et in Arcadia ego（我もまたアルカディアにあり）という有名なフレーズは普通、死が言っている言葉と解釈される。つまり、理想郷も死と無縁ではいられない。とすれば、このアルカディアなる手厚い介護付きホームが、普通のホームとはどう違っているかもある程度見当がつくだろう。見当がついても、なお「こう来たか」と思わせるところがさすがミルハウザーなのだが。

若きガウタマの快楽と苦悩（The Pleasures and Sufferings of Young Gautama）H

ガウタマ（釈迦）が王宮の安楽な暮らしに飽き足らず、真理を究めようと出家したというよく知られた話のミルハウザー・バージョン。息子ガウタマを、死や病のはびこる現実から遠ざけようと、父である王は数々の驚異を職人たちに作らせる。かつて「東方の国」（『イン・ザ・ペニー・アーケード』所収）や「ハラド四世の治世に」（『十三の物語』所収）でも細密細工師が作り出す驚異をミルハウザーは描いていて、東方を舞台とすると、どうも驚異のボルテージが一段上がるように思える。一方、一九八〇年代に発表された「東方の国」、二〇〇〇年代発表の「ハラド四世の治世に」、二〇一〇年代発表の本作、と時代が下っていくにつれて、驚異そのものは前景からだんだん退いていき、それを背景とする人間のドラマ（「ハラド四世」では天才の失墜劇、「若きガウタマ」では父と子を中心とする家族劇）が表に出てくる。

場所（The Place）V

かつて「私たちの町の地下室の下」（『ナイフ投げ師』所収）では地下にあるもうひとつの場所を思い描き、「もうひとつの町」（『十三の物語』所収）では、ひとつの町をそっくり複製した町を幻視したミルハウザーだが、ここではさらに微妙に、町全体のありようを何とはなしに否定する（とひとまずまとめてしまおう）場所を思い描いている。「私たちの町の地下室の下」の、「くねくねとよじれ、交差しあう無数の通路から成る迷宮が広がっていて、粗い石の階段で地上につながっている」空間はその光と闇の錯綜が謎を作り出していたし、「もうひとつの町」はその複製の精緻さが驚異以外の何ものでもなかったが、この「場所」には謎も驚きもない。それこそが謎と驚きの源である。

ホーム・ラン（Home Run）H

力業という言葉はまさにこういう作品のためにある。打球が宙に上がり、グラウンドを越え観客席をも越えて場外ホームランとなるさまを、アナウンサーが報じる。原文は全体で一一四七語（日本語では約三〇〇〇字）が一センテンス。ミルハウザーがいままでに書いたもっとも短い作品であり、テーマ的にも典型とは言いがたいが、「神は細部に宿る」という精神に則って書かれているということでいえば、実はもっともミルハウザー的作品かもしれない。

アメリカン・トールテール（American Tall Tale）V

アメリカン・ユーモアといえば「トールテール」（ほら話）が大きな特徴であり、トール・テールの代表と言えば誰もが伝説の木樵《きこり》ポール・バニヤンを思い浮かべる。誰もが知るシンバッドの航海の物語に第八の航海をかつてつけ加えたように、ミルハウザーはここで、誰よりも怠け者の弟ジェームズ・バニヤンを導入する。無類の怠け者なのになぜか読書家、という設定が愉快。作者の生い立ちを反映して、アメリカ東海岸の小さな町の日常をミルハウザーはくり返し描いてきたが、タイトルに「アメリカ」を冠したものはこれが唯一（長篇 *Martin Dressler*〔邦題『マーティン・ドレスラーの夢』〕の副題は *The Tale of an American Dreamer* だが）。

夜の声（A Voice in the Night）V

こちらはうって変わって旧約聖書が素材である。旧約聖書のサムエル、その物語を一九五〇年代に先生から聞いた少年、そしてその少年の半世紀後の姿と思しき作家。この三人を行き来する物語の作りが素晴らしい。中篇『魔法の夜』をはじめ、夜眠れぬ者たちの物語をいくつも綴ってきたミルハウザーだが、これはそのサブジャンルにおけるもうひとつの傑作である。なお、サムエルやエリの言葉で King James Version（1611）から引いている箇所には日本聖書協会の文語訳（一九八〇）を使わせていただいた。

この作品は“A Voice in the Night”と、「ひとつの声」をめぐる物語であることを示すタイトルになっているが、これら十六篇を収めた短篇集は *Voices in the Night* と題されている。直接夜のことを描いていなくても、これら十六本の作品はどれも、作者から読者に送られた「夜の声」なのである。

例によってミルハウザーの著作一覧を以下に挙げる（特記なき限り柴田訳）。

Edwin Mullhouse: The Life and Death of an American Writer, 1943-1954, by Jeffrey Cartwright（1972）長篇『エドウィン・マルハウス』岸本佐知子訳、河出文庫
Portrait of a Romantic（1977）長篇『ある夢想者の肖像』白水社
In the Penny Arcade（1986）短篇集『イン・ザ・ペニー・アーケード』白水Uブックス
From the Realm of Morpheus（1986）長篇
The Barnum Museum（1990）短篇集『バーナム博物館』白水Uブックス
Little Kingdoms（1993）中篇集『三つの小さな王国』白水Uブックス
Martin Dressler: The Tale of an American Dreamer（1996）長篇『マーティン・ドレスラーの夢』白水Uブックス
The Knife Thrower and Other Stories（1998）短篇集『ナイフ投げ師』白水Uブックス
Enchanted Night（1999）中篇『魔法の夜』白水社
The King in the Tree: Three Novellas（2003）中篇集『木に登る王』白水社
Dangerous Laughter: Thirteen Stories（2008）短篇集『十三の物語』白水社
We Others: New and Selected Stories（2011）新旧短篇集　新作のみ『私たち異者は』として刊行　白

水社

Voices in the Night (2015) 短篇集　十六篇中八篇ずつ『ホーム・ラン』『夜の声』として刊行　白水社

雑誌掲載された邦訳のなかで、単行本未収録作としては以下の二本がある。

“A Haunted House Story”「幽霊屋敷物語」『MONKEY』十五号

“Guided Tour”「ガイドツアー」『MONKEY』十六号

また、本書『夜の声』に収録した「私たちの町の幽霊」は『Monkey Business』十二号に掲載された。

『私たち異者は』からはじまった、藤波健さん企画・鹿児島有里さん編集の超強力体制に今回も支えられた。お二人にあつくお礼申し上げます。「ミルハウザーは全部うちで出します」と藤波さんにおっしゃっていただいた熱意に、少なくとも短篇集については応えることができてとても嬉しい。誰とも違うスティーヴン・ミルハウザーの「夜の声」が、多くの皆さんの耳に届きますように。

二〇二一年八月

柴田元幸

訳者略歴
柴田元幸（しばた・もとゆき）
翻訳家。アメリカ文学研究者。

主要訳書
スチュアート・ダイベック『シカゴ育ち』（白水Uブックス）、『僕はマゼランと旅した』『それ自身のインクで書かれた街』『路地裏の子供たち』（白水社）
スティーヴン・ミルハウザー『イン・ザ・ペニー・アーケード』（白水Uブックス）、『ある夢想者の肖像』『魔法の夜』『木に登る王』『十三の物語』『私たち異者は』『ホーム・ラン』（白水社）
スティーヴ・エリクソン『黒い時計の旅』（白水Uブックス）、『ゼロヴィル』（白水社）、『Xのアーチ』（集英社文庫）
ポール・オースター『鍵のかかった部屋』（白水Uブックス）、『サンセット・パーク』（新潮社）
バリー・ユアグロー『セックスの哀しみ』（白水Uブックス）、『一人の男が飛行機から飛び降りる』（新潮文庫）
エリック・マコーマック『雲』（東京創元社）

主要著書
『生半可な學者』（白水Uブックス、講談社エッセイ賞受賞）
『アメリカ文学のレッスン』（講談社現代新書）
『アメリカン・ナルシス』（東京大学出版会、サントリー学芸賞受賞）
『ケンブリッジ・サーカス』（新潮文庫）
『柴田元幸ベスト・エッセイ』（ちくま文庫）
文芸誌『MONKEY』（スイッチ・パブリッシング）責任編集。

夜の声

二〇二一年一〇月一五日 印刷
二〇二一年一一月一〇日 発行

著者 スティーヴン・ミルハウザー
訳者 © 柴田元幸
発行者 及川直志
印刷所 株式会社三陽社
発行所 株式会社白水社
東京都千代田区神田小川町三の二四
電話 営業部〇三（三二九一）七八一一
編集部〇三（三二九一）七八二一
振替 〇〇一九〇－五－三三二二八
郵便番号 一〇一－〇〇五二
www.hakusuisha.co.jp
乱丁・落丁本は、送料小社負担にてお取り替えいたします。

株式会社松岳社

ISBN978-4-560-09873-8

Printed in Japan

■スティーヴン・ミルハウザー 著　*Steven Millhauser*　柴田元幸 訳

ある夢想者の肖像

死ぬほど退屈な夏、少年が微睡みのなかで見る、終わりのない夢……。ミルハウザーの神髄がもっとも濃厚に示された、初期傑作長篇。

魔法の夜

百貨店のマネキン、月下のブランコ、屋根裏部屋のピエロと目覚める人形など、作家の神髄が凝縮。眠られぬ読者に贈る、魅惑の中篇！　月の光でお読みください。

木に登る王

三つの中篇小説

男女関係の綾なす心理を匠の技巧で物語る傑作集。「復讐」「ドン・ファンの冒険」、トリスタンとイゾルデ伝説を踏まえた表題作を収録。

十三の物語

「オープニング漫画」「消滅芸」「ありえない建築」「異端の歴史」と章立て。「ミルハウザーの世界」を堪能できる傑作短篇集。

私たち異者は

驚異の世界を緻密に描き、リアルを現出せしめる匠の技巧。表題作や「大気圏外空間からの侵入」ほか、さらに凄みを増した最新の七篇。

ホーム・ラン

精緻な筆致、圧倒的想像力で名匠が紡ぐ深遠な宇宙。表題作や「ミラクル・ポリッシュ」など奇想と魔法に満ちた八篇と独特の短篇小説論。

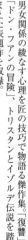